suhrkamp taschenbuch 5020

AF204222

Tabor Süden, der vielerfahrene und vielerleidende Spezialist für Vermisstenfälle, wollte seine Ermittlertätigkeit nie wieder aufgreifen, nachdem beim letzten Fall ein Mitarbeiter der Detektei das Leben verloren hatte. Doch seine ehemalige Chefin überredet ihn nun dazu, sich zum allerallerletzten Mal auf Personensuche zu machen. Er soll Cornelius Hallig auftreiben. Als Autor von Kriminalromanen war dieser eine Zeitlang eine Berühmtheit, lebte mit seiner Mutter in einem Münchner Hotel und verschwand von einem Tag auf den anderen.

Friedrich Ani, geboren 1959, lebt in München. Er schreibt Romane, Gedichte, Jugendbücher, Hörspiele, Theaterstücke und Drehbücher. Sein Werk wurde mehrfach übersetzt und vielfach prämiert. Seine Romane um den Vermisstenfahnder Tabor Süden machten ihn zu einem der bekanntesten deutschsprachigen Kriminalschriftsteller.

Zuletzt erschienen: *Nackter Mann, der brennt* (st 4827), *Ermordung des Glücks* (st 4931) und *All die unbewohnten Zimmer* (2019)

FRIEDRICH ANI
DER NARR
UND
SEINE MASCHINE

Suhrkamp

Erste Auflage 2019
suhrkamp taschenbuch 5020
© Suhrkamp Verlag Berlin 2018
Suhrkamp Taschenbuch Verlag
Umschlagfoto: Irene Suchocki/Trevillion Images
Umschlaggestaltung: zero-media.net, München
Druck und Bindung: CPI – Ebner & Spiegel, Ulm
Printed in Germany
ISBN 978-3-518-47020-6

I was only trying to cheat death. I was only trying to surmount for a little while the darkness that all my life I surely knew was going to come rolling in on me some day and obliterate me. I was only trying to stay alive a brief while longer, after I was already gone. To stay in the light, to be with the living, a little while past my time. I loved them both so. A fool and his machine. Yes, a fool and his machine.

Cornell Woolrich

1

Ein Mann in einer Bahnhofshalle, irgendein Mann in irgendeiner Bahnhofshalle. Ein Mann in einem weißen Baumwollhemd und einer schwarzen Jeans, eine grüne Reisetasche in der rechten und eine schwarze Lederjacke in der linken Hand. Er stand da und schaute hinauf zur elektronischen Anzeigetafel mit den zweispaltig von links oben nach rechts unten chronologisch angeordneten Abfahrtszeiten. Er las die Zielorte und vergaß sie gleich wieder. Immer wieder fing er von vorn an, den Kopf im Nacken, reglos am Rand des Gewühls.

Die Blicke, die ihn streiften, nahm er wahr wie einen fremden Atem, der manchmal nach Bier roch, manchmal nach strengen Gewürzen. Jemand rempelte ihn an und ging weiter. Jemand stellte sich vor ihn und starrte ihn an, zog eine Grimasse, wartete auf eine Reaktion und traute sich dann doch nicht, ihm auf die Schulter zu tippen.

Jedes Mal wenn die Stimme der Ansagerin aus den Lautsprechern schallte, hörte er hin und wartete auf den Namen einer Stadt oder die Nummer eines bestimmten Zuges. Er kam sich lächerlich vor. Nach dem Ende der Durchsage lauschte er weiter, und beim nächsten Knacken der Sprechanlage zuckte er zusammen. Wie ein Kind, das hinter der geschlossenen Tür, allein in seinem Zimmer, beim Klingeln der hellen Glocke im Flur aufschreckt und weiß, es wird zur Bescherung gerufen.

Am Himmel brannte die Sonne. In der Stadt herrschten fast dreißig Grad. Niemand dachte an Weihnachten, auch nicht der Mann, der allmählich das Gewicht seiner Reisetasche spürte. Er hatte sie seit dem Betreten der Bahnhofshalle noch nicht einmal abgesetzt.

Im Grunde dachte er an nichts. Er schaute und schwitzte und vergaß die Zeit und ein wenig auch sich selbst.

Vor einer Ewigkeit hatte er jeden Morgen die Halle durchquert, auf dem Weg zu seiner Dienststelle gegenüber der Südseite des Hauptbahnhofs. Damals gehörten die Stimmen und Geräusche, das Gewusel, die Hektik der Reisenden und das erstarrte Treiben der Sandler und Obdachlosen zur Membran seines Alltags, in dem er eine Funktion hatte, eine Bestimmung. Da war er Kriminalhauptkommissar in der Vermisstenstelle der Kripo, Besoldungsgruppe A 11, ein Fahnder auf der Suche nach den Schattenlosen. Später quittierte er aus freien Stücken den Dienst und verschwand. Nach seiner Rückkehr nahm er einen Job in einer Detektei an – so lange, bis die Tage mit Finsternis begannen und in Finsternis endeten.

Gestern hatte er seinem Vermieter die vollständig

ausgeräumte, geweißte Wohnung gezeigt und ansonsten kaum ein Wort mit ihm gewechselt. Heute Mittag hatte er mit dem Handy, das ihm seine Chefin geschenkt hatte, ein Taxi gerufen und den Wohnungsschlüssel in den Briefkasten geworfen. Auf der Straße hatte er sich nicht mehr umgesehen. Wie schon zu seiner Zeit als Kriminalist saß er im Taxi auf der Rückbank, hinter dem Beifahrersitz. Er ließ die Stadt an sich vorüberziehen und erinnerte sich an die Dunkelheit der vergangenen Monate, an den Tod, der der Arbeit der Detektei ein Ende gesetzt hatte, an seinen letzten Besuch auf dem Waldfriedhof, wo sein bester Freund beerdigt war und sein Vater grablos unter einer grünen Wiese lag.

»Wo geht die Reise hin?«, hatte der Taxifahrer gefragt.

Tabor Süden hatte geschwiegen. Er gab dieselbe Summe Trinkgeld, die die Fahrt gekostet hatte, und stieg aus. Er hatte einen Blick zum Neubau auf der anderen Straßenseite geworfen. Im vierten Stock war sein Büro gewesen, auf den anderen Etagen verteilten sich die Mordkommissare, die Brandfahnder und die Todesermittler. Im türkischen Imbiss im Erdgeschoss hatte er mit den Kollegen gelegentlich gegessen und mit seinem besten Freund und Kollegen Martin Heuer regelmäßig ein Bier getrunken. Nach und nach waren die Kommissariate ins Präsidium in der Innenstadt verlegt oder in einen Bürokomplex im Westend ausgelagert worden. Zu diesem Zeitpunkt hatte er die Stadt schon verlassen.

Heute, an diesem sonnigen, gewöhnlichen fünften Juli, ging er ein zweites Mal weg, lautlos, ohne jemandem eine Nachricht zu hinterlassen – wie so viele, deren Spur er verfolgt, deren leere Zimmer er erkundet und deren Schatten er wiedergefunden hatte. Ihn würde niemand wiederfinden, dachte Tabor Süden, als er sich auf der obersten Treppenstufe von der Straße abwandte. Seine Zukunft wäre die allumfassende Unsichtbarkeit.

Beinah beschwingt stellte er die grüne Tasche jetzt neben sich. Er legte den Kopf noch tiefer in den Nacken und schloss die Augen. Alles war einfach, alles war klar. Er würde einsteigen und aufbrechen. Er würde fahren und unterwegs sein. Zeiten und Orte würden sich ändern, und er wäre ein Teil von ihnen. Das Geld, das er bei sich hatte, würde eine Weile reichen, und alles andere war alles andere.

Und die Orte, an denen er gelebt hatte? Nichts als eine Landkarte aus Zufällen, dachte er, ab und zu verstreut eine Handvoll Rosen, an einer wahllos markierten Stelle – wie auf der Wiese der Anonymen, zum Gedenken an all die unscheinbar Verstorbenen in ihren schlecht beleuchteten Zimmern.

Er schlug die Augen auf. Vor ihm stand eine Frau in einem graugestreiften Hosenanzug.

»Ich wusste es«, sagte sie.

Ein Mann in einer grauen Cordhose und einem schwarzgrau gemusterten, knielangen Mantel aus Schurwolle, den er offen trug, die Hände in den Taschen. Unter dem Mantel ein olivfarbenes Polohemd. Er war nicht sehr groß, vielleicht eins siebzig. Seine dürre Gestalt mit der schmächtigen Brust verschwand fast hinter dem Ampelmast, wo er offensichtlich auf etwas anderes als das grüne Licht wartete. Er bewegte sich nicht von der Stelle. Seine schwarzen, staubigen Halbschuhe mit den schiefen Absätzen verharrten nebeneinander, Sohle an Sohle.

Unter der sengenden Sonne müsste der Mantel zu Schweißausbrüchen führen, doch das bleiche, hohlwangige Gesicht des Mannes blieb trocken.

Vor ihm hielten Autos, wenn die Ampel auf Rot sprang. Er sah über sie hinweg zu einem steingrauen, leerstehenden Haus auf der anderen Straßenseite. Das Haus gehörte zu seiner Vergangenheit, wie das steingraue, verwitterte Haus hinter ihm, wie er selbst, der steingraue Mann an einer gewöhnlichen Kreuzung an einem gewöhnlichen Julitag, der allenfalls durch die Hitze zu etwas Besonderem wurde. Nicht für Cornelius Hallig, der außerhalb jeder Temperatur zu existieren schien.

Er stand weiter da, die Hände in den Manteltaschen, die blassblauen Augen auf das einstöckige Haus mit den vergitterten Fenstern im Erdgeschoss gerichtet. Hin und wieder schaute er zum wolkenlosen, überirdisch blauen Himmel hinauf.

Ihm war bewusst, dass er sich gegenüber mehreren Menschen schäbig und eigentlich unentschuldbar verhielt. Er hätte ihnen zumindest eine Nachricht hinterlassen müssen, zwei oder drei hoffnungsfrohe

Sätze, die möglicherweise zwar nichts erklärt, aber doch seinen guten Willen bewiesen hätten.

Natürlich hatte er darüber nachgedacht. Er hatte sogar Wörter auf einen Block gekritzelt. Am Ende lagen vier Papierknäuel auf dem Boden. In jener Nacht hatte er Genugtuung empfunden – ein Gefühl, das noch nachwirkte, als er vor vier Tagen gegen fünf Uhr morgens, zum ersten Gesang der Amseln, das Hotel, in dem er lebte, verließ und sich auf den Weg zu seiner neuen, vorübergehenden Unterkunft machte.

Alles in allem war seine Welt, dachte er, nicht viel mehr als ein Zimmer in einem in die Jahre gekommenen Hotel gewesen. Nach dem Tod seiner Mutter hatte sich sein Zimmer in eine Kemenate verwandelt, die er nur verließ, um in der Lobby ein Bier und einen Obstbrand zu trinken und Gespräche zu führen, deren Inhalte sich wiederholten wie die Farben an einer Ampelanlage.

Er ließ den Blick schweifen.

Hier war er groß geworden, zuerst im Haus an der Kreuzung und vom vierzehnten Lebensjahr an wenige hundert Meter weiter in einer Straße, die nach einem Arzt benannt war, der im neunzehnten Jahrhundert gegen die Sklaverei im Sudan gekämpft hatte.

Schon bevor er mit seiner Mutter dort einzog, hatte ihn der Name fasziniert – Emin-Pascha-Straße. Er stellte sich vor, dass er eines Tages den afrikanischen Kontinent bereisen würde, und alle Kontinente der Erde.

Er hatte Europa nie verlassen. Nach der mittleren Reife lebte er ein knappes Jahr in Berlin, anschließend wieder in München. In seinen Zwanzigern begann sein Erfolg als Schriftsteller. Er schrieb für Zeitungen und Zeitschriften, bald veröffentlichte er Romane und Kurzgeschichten. Mit dem Erfolg kamen die Einnahmen, und er unterstützte seine Mutter. Schließlich zogen sie gemeinsam in ein Hotel, wo sie sich häuslich einrichteten, sie in einem Doppelzimmer, er in einem Einzelzimmer. Und vor vier Tagen, nach mehr als dreißig Jahren, war er ausgezogen.

Aber das wusste noch niemand. Alle dachten, er folge einer Laune, treibe sich womöglich in bestimmten Kneipen herum, habe sich überraschend auf ein Abenteuer eingelassen. Stattdessen schlief er nachts in der Kammer seiner Bekannten und musste seltsame Träume ertragen.

Früher, in der großen Zeit – er nannte sie groß, weil er damals größer war –, erwachte er morgens mit einem Korb voller Schnappschüsse im Kopf. Manchmal – und gar nicht so selten, wie er im Nachhinein glaubte – verwandte er das eine oder andere Bild für sein unmittelbares Tagwerk, für eine Figur im Roman, eine Szene in einer Kurzgeschichte.

Zeitweise erschienen ihm seine Träume wie das Rohmaterial seiner Arbeit. Wenn er gegen Mitternacht das Licht ausmachte und nicht allzu betrunken war, freute er sich auf das, was geschehen würde, auf die Personen, die ihn erwarteten, auf das quirlige Leben, das weit außerhalb seines Zimmers, aber nie in der Wirklichkeit stattfand und nach dem er sich nicht einmal sehnte.

Anscheinend existierte in ihm eine Welt, die sein Unterbewusstsein eisern hütete und nicht an die Oberfläche ließ. So konnte er sein reales Leben nie ändern oder zumindest beschwingter ertragen.

Natürlich war das leichtfüßige Leben von seiner wahren Existenz weit entfernt, weiter als seine Schuhe vom blauen Himmel.

Dennoch: In der großen Zeit hatte er geträumt und gelebt. Dann hatte er nur noch gelebt. Er schlief nach Mitternacht ein und wachte im Morgengrauen auf, und die Nacht dauerte an und nannte sich Tag.

Seit vier Tagen schreckte er aus dem Schlaf hoch, umzingelt von Gestalten, deren Gesichter und Gewänder so furchterregend nah waren, als wären sie von grellen Scheinwerfern aus dem Dunkel einer Filmkulisse gestanzt.

In der ersten Nacht in der fremden Wohnung war er seinem Vater begegnet.

Obwohl sein Vater seit fast dreißig Jahren tot und er ihn in seinem Erwachsenenleben nur ein einziges Mal sah, hatte Cornelius Hallig ihn auf der Stelle erkannt, und sein Vater ihn. Sie hatten geredet. Doch wie die Stimme seines Vaters geklungen hatte, verschwieg sein Gedächtnis.

An den Namen seines Vaters hatte er ewig nicht mehr gedacht. Vinzenz Brauer. Seine Eltern waren nie verheiratet gewesen. In der Schule fragte ihn niemand nach seinem Vater, seine Mutter war nicht die

14

einzige alleinerziehende Frau in Zamdorf. Als er geboren wurde, war sie vierundzwanzig und sein Vater weg. Ab und zu tauchte er auf und legte Geldscheine auf den Tisch. Der Tisch war rechteckig, etwa einen Meter breit und fünfzig Zentimeter tief. Die weiße, gehäkelte Tischdecke wurde an der vorderen Längsseite mit zwei Plastikklammern und an den Seiten mit jeweils einer Klammer am Verrutschen gehindert. Trotzdem strich seine Mutter, wenn sie Zeitung las oder eine Schnitte Brot mit Butter und Schnittlauch aß und dazu Kaffee mit viel Milch trank, in regelmäßigen Abständen mit der flachen Hand über die fleckenlose Decke.

Seit einer gewissen Zeit schaute er hinüber zum mittleren Fenster unter dem Balkon mit der schmiedeeisernen Brüstung. Das war das Küchenfenster, der Tisch hatte genau davorgestanden. Solange er sich erinnern konnte, hatte er an der Schmalseite gesessen, seine Mutter mit Blick zum Fenster, vor dem sie einen kleinen Garten angelegt hatte. Außer Schnittlauch wuchsen in den Beeten Dill, Rosmarin und Petersilie. Ein Rosenstrauch zierte das unscheinbare Areal. Er bildete sich ein, seine Mutter hätte einmal auch eine Handvoll Gurken geerntet. Die Menge des Salats, den sie mit Öl, Essig und Zucker anrichtete, reichte gerade für ein Schälchen, aus dem sie bei offenem Fenster und zum Gesang der Vögel gemeinsam kleine Stücke pickten.

Vielleicht hatte er das nur geträumt.

Das graue Haus mit den vergitterten Fenstern und

dem rostigen Balkongeländer ragte als Erinnerungs-
ruine in den flirrend heißen Tag. Hallig schaffte es
nicht, das wie in Stein geschlagene Gesicht seines
Vaters zu verscheuchen. Eigentlich waren es zwei Gesichter. Das eine, das am Tisch, war braun gebrannt
und wurde vom Rauch einer Zigarette umschlängelt,
das andere, das im Traum, bestand aus grauer Haut
und erloschenen Augen.

An diesem Tag hatte er beide nicht erwartet.

Der Grund, warum er hierhergekommen war, hatte
etwas mit dem Traum von letzter Nacht zu tun – wieder ein Traum voller Menschen und Ereignisse, die
er sich kaum merken konnte. Beim Aufwachen hatte
er den Eindruck, er wäre stundenlang auf den Beinen gewesen und durch Straßen gelaufen, die er vage
wiedererkannte. In einem Hotel stieg er in einen Lift
und im verkehrten Stockwerk wieder aus. Er hetzte
Treppen hinauf und hinunter. Er suchte jemanden.
Wenn er innehielt, rannten Leute an ihm vorüber,
ohne ihn eines Blickes zu würdigen. Und dann, auf
welchen Wegen auch immer, hatte er das Haus erreicht, nach dem er die ganze Zeit, unbewusst und
unbeirrt, Ausschau gehalten hatte. Dieses Haus lag im
Winkel zweier Straßen ohne Ampeln.

So war das damals. So war das heute Nacht im
Traum.

Bei alldem hatte sein Vater keine Rolle gespielt.
Aber jetzt war er da, er saß am Tisch und rauchte. Vor
ihm lagen, einer neben dem anderen, Geldscheine.
Blaue Geldscheine, glaubte der Junge sich zu erin-

nern, der an der Kreuzung stand und vierundsechzig Jahre alt war. Auch seine Mutter musste in der Küche gewesen sein. Er konnte sie nicht sehen, nur seinen Vater mit dem sonnengebräunten Gesicht und der unaufhörlich glimmenden Zigarette im Mundwinkel. In der Brusttasche seines karierten Hemdes steckte eine Packung Zigaretten und darin das Feuerzeug. Beim Reden verstand der Junge kaum ein Wort.

»Ich versteh dich nicht«, sagte der Mann zum Ampelmast.

Jemand hupte. Der Mann zuckte zusammen. Ein Autofahrer, der an der roten Ampel wartete, grinste ihn durchs offene Seitenfenster an. Dann gab er Gas und hupte noch einmal.

Cornelius Hallig blickte wieder zum Haus.

Den Dialekt hatte er nie zuvor gehört. Später erzählte ihm seine Mutter, sein Vater stamme aus Cham in der Oberpfalz. An jenem entscheidenden Tag, dachte Hallig beim Anblick der trostlosen Hausmauer, saß Vinzenz Brauer am Tisch und redete. Und plötzlich, mitten in einem Satz, bellte der Hund. Leise schnaufend hatte der schwarze, zottelige Mischling wie üblich in einer Ecke unter dem Tisch gelegen. Vielleicht hatte ihn ein bestimmtes, kehlig klingendes Wort aufgeschreckt. Vielleicht war er eingeschlafen und hatte sich im Traum verirrt und bellte um Hilfe. Kurz darauf lugte seine Schnauze neben dem Tischbein hervor. Verwundert blickte der Besucher auf das Tier. Zamo war sein Name. Sein Besitzer hatte ihn im letzten Sommer in der Hundepension gegenüber der

Kreuzung abgegeben und nicht wieder abgeholt. Vom ersten Tag an befolgte er jeden Befehl, den der Junge ihm zurief. Die Mutter hatte nichts dagegen, wenn noch ein weiterer Hund auf dem Gelände hinterm Haus herumlief und sonst keinen Ärger machte.

»Er schlief vor meinem Bett«, sagte der Mann an der Ampel zu niemandem.

Der Junge, den jeder Linus nannte, hatte seinem Vater Zamo vorgestellt – wie eine Person, einen Menschen, einen Freund. Das war ein schöner Moment gewesen. Die Gewissheit darüber versetzte den vierundsechzig Jahre alten Jungen an der Kreuzung in einen Schockzustand. Nicht nur wegen des gestochen scharfen Bildes in seinem Kopf. Nicht nur wegen des Traumes in der letzten Nacht, wo er mit Zamo auf der Wiese hinter der Hundepension herumgetollt war. Nicht nur wegen des Erscheinens seines Vaters vor vier Tagen im Traum und jetzt schon wieder.

Wegen der Rückkehr jenes wundersamen Moments in der Küche – Vater, Hund und unsichtbare, aber anwesende Mutter – begriff Cornelius Hallig jetzt, dass er nicht bloß wegen des Unglücks, das sich am selben Tag ereignet hatte, und wegen seiner kindhaften, bis ins zerfleddernde Erwachsenendasein hineinreichenden Schuldgefühle diesen Ort noch einmal aufgesucht hatte.

Als er seinen vierbeinigen Freund seinem Vater vorstellte, indem er mehrmals Zamos Namen wiederholte – aus Furcht, sein Vater könnte ihn ebenso wenig verstehen wie er ihn –, glühte er vor Freude darüber, nie mehr allein sein zu müssen. Zamo würde sein lebenslanger Gefährte, sein absolutes Vertrauensgeschöpf sein.

Er war vier Jahre alt und ein Glückskind. In diesem einen Moment, dachte Hallig, war er selig gewesen, die Hand im weichen, warmen Fell des Hundes, unter den Augen von Vater und Mutter.

Wegschauen hätten sie sollen und er mit Zamo unter den Tisch kriechen und dort bleiben für alle Ewigkeit.

Denn dass sein Vater an jenem Morgen unangemeldet vor der Tür gestanden hatte, war der Beginn des Unglücks. Vinzenz Brauer brachte Geld mit und umarmte zum Abschied die Mutter seines Sohnes und auch seinen Sohn. Im Flur drehte er sich noch einmal um und sagte den Namen des Hundes, der ihm zaghaft hinterhergeschlichen war. Das war alles. Das war der Vormittag, der Mittag. Das war der Tag, der in die imaginären Geschichtsbücher der alleinerziehenden Mutter Rosemarie Hallig und ihres Sohnes Linus einging.

Zum letzten Mal war der Erzeuger aufgetaucht und hatte sich wohlfeil verhalten.

Zum letzten Mal lief der Junge mit seinem Hund nach draußen. Und zum ersten Mal vergaß er, Zamo an die Leine zu nehmen, wie üblich, wenn sie irgendwohin aufbrachen und die viel befahrenen Straßen überqueren mussten.

Das war der Tag, an dem nichts Besonderes geschah. Ein Vater, der sich vor der Geburt seines Kindes aus dem Staub gemacht hatte, lieferte seinen letzten Unterhalt ab. Ein Hund, der nicht angeleint war, weil sein Herrchen vor lauter Übermut nicht daran gedacht hatte, hüpfte über den niedrigen Holzzaun und stob auf die Straße, vor die Räder eines Sattelschleppers. Linus stand am Zaun, der den Bürgersteig vom Grundstück trennte, und kam nicht von der Stelle – wie in einem grauenhaften Traum.

Cornelius Hallig sah das rote Licht an der Fußgängerampel und ging los.

2

Kein Auto, kein Lastwagen überfuhr den Mann, der bei Rot über die Friedrich-Eckart-Straße ging. Die Hände hatte er immer noch in den Taschen seines unpassenden Mantels, sein Hemd wies weiterhin keine Schweißflecken auf. Für Cornelius Hallig schien das Wetter nicht zuständig.

Die Eggenfeldener Straße überquerte er eher zufällig bei Grün, seine Schritte passten gerade zum Schaltsystem der Anlage. Drüben angekommen, schwankte er. Irritiert streckte er den Arm nach der Hausmauer aus. Sie fühlte sich rau und angenehm kühl an, und er machte noch einen Schritt.

Als spüre er zum ersten Mal die Wucht der Hitze, schloss er den Mund und kippte nach vorn. Den Aufprall seiner Stirn auf dem harten Stein nahm er wie ein physisches Echo seiner Erschütterung von vorhin wahr, als ihm bewusst geworden war, was ihn an einem vor Helligkeit strotzenden Tag in den dunkelsten Teil der Stadt getrieben hatte.

Die linke Hand gegen den abblätternden, bröckligen Putz gepresst, die andere in der Manteltasche, in den Haaren einen unerwartet wohltuenden Hauch, sog er einen modrigen Geruch ein, von dem er glaubte, er käme aus einem Kellerfenster auf Höhe des Bürgersteigs. Er sah nicht hin.

Da waren keine Kellerfenster. Unterhalb der sieben Fenster im Erdgeschoss, von denen vier vergittert waren, setzte sich das Mauerwerk noch ein Stück fort und endete neben dem Gehweg. Die Fenster im ersten Stock hatten keine Gitter, aber dieselbe Form mit sechs Glasquadraten, an einem Fenster hing noch eine Gardine. Auf dem Dach ragte das weiße Rund einer Satellitenschüssel ins Sonnenlicht.

Zwischen Hallig, der sich wie erschöpft an der verwitterten Hausmauer abstützte, und der Tür mit dem auffallend weißen Rahmen, dem geschwungenen Metallgriff und der in der Mitte unterteilten Milchglasscheibe war ein längliches, verschlissenes, namenloses Klingelschild in die Wand eingelassen. Gleichzeitig den vertrauten Geruch einsaugend, wandte Hallig den Kopf. Sein Blick huschte über das leere Schild. Kein Wunder, dachte er beiläufig, wir sind ja ewig weg.

Nach und nach verschwammen die Bilder in seinem Kopf, die der Vergangenheit und die der Gegenwart. Sie bildeten einen Strudel aus irrlichternden Kristallen, der ihn schwindeln ließ. Vor seinen Augen schleuderten Personen und Gegenstände und Straßenzüge im Kreis.

Im irren Glauben, er könnte etwas erkennen, riss er die Augen auf und starrte die schäbige Wand vor sich an wie eine riesige, körnige, Horrorszenen speiende Leinwand. Um nicht das Gleichgewicht zu verlieren, weil der Boden unter ihm zu schwanken begann, nahm er auch die rechte Hand aus der Manteltasche und presste sie gegen die Wand.

Jetzt spürte er klebrige Nässe an seinem Rücken. In seinen weit geöffneten Augen sammelten sich Schweißtropfen, seine Lippen schmeckten salzig. Er brauchte eine Weile, bis er begriff, dass das lauter werdende Krächzen, das ihm in den Ohren wehtat, nicht von der Krähe auf der Dachrinne kam, sondern aus seinem pumpenden Brustkorb. Mit ausgestreckten Armen, den Buckel der Sonne entgegengestreckt, stand er schräg da und erwartete das Ende.

Dann kam ihm diese Vorstellung so verstörend vor wie alles andere.

Er wollte noch nicht sterben. Nicht hier. Er war jetzt vierundsechzig. Auf wunderliche Weise dämpfte die Zahl das Beben in ihm ein wenig.

Vierundsechzig, wiederholte er im Stillen. Wenn er sich nicht täuschte, strömte mit der gespeicherten Kälte des Hauses frischer Sauerstoff in ihn, der sein Keuchen linderte und die Rinnsale auf seinem Gesicht trocknete.

Mitte sechzig. Er kam nicht davon los. Trinker, im medizinischen Sinn Alkoholiker, schwerer Raucher seit Jugend an, ein Klappergestell ohne Reserven. Seit Monaten quälte ihn eine Entzündung am Unterschenkel. Er litt an Appetitlosigkeit, Durstanfällen und Sehstörungen.

Behutsam zog er eine Hand zurück. Er kippte nicht um. Gewohnheitsmäßig vergrub er die Hand in der Manteltasche. Im Vergleich zur Wand kam ihm die Tasche wie eine Stoffsauna vor. Das störte ihn nicht.

Also würde er nicht sterben. Nicht hier. Er war nicht hergekommen, um zu sterben, sondern um …

Mit einer ruckartigen Bewegung wandte er sich vom Haus ab, der Straße zu, auf der er unterwegs gewesen war, von der Straßenbahnhaltestelle durch die Unterführung bis …

Von einer plötzlichen Eingebung getrieben, drehte er sich um und ging bis zum Ende des Gebäudes. Dort begann der Holzzaun, der nach ein paar Metern abrupt aufhörte, während der Zaun auf der gegenüberliegenden Seite des Grundstücks fast bis zum Bürgersteig reichte. In diesem Areal hatte der Kräutergarten seiner Mutter gelegen, direkt neben der klobigen Betonsäule mit der Inschrift »5 Kilometer nach München«. Wer diese Säule gegossen hatte, und wann und zu welchem Zweck, hatte er vergessen. In seiner Erinnerung hatte das sinnlose Ding seit jeher den Garten verschandelt. Heute war alles egal. Der schmiedeeiserne Balkon im ersten Stock glänzte mickrig in der Sonne, die ehemalige Balkontür bestand aus einer verrosteten Eisenplatte.

Zur Straße hin, die ins Zentrum des Viertels führte, war das Grundstück offen zugänglich, aber er machte keinen Schritt weiter. Neben der Tür standen zwei Plastikmülltonnen. Er hatte keine Erklärung dafür. Niemand wohnte mehr hier. Die ebenfalls mit einer Milchglasscheibe ausgestattete Tür in dem Metallrahmen war früher aus Holz gewesen, das Fenster daneben vergittert wie die auf der vorderen Seite.

Wahrscheinlich war er einfach nur deswegen gekommen: Zu sehen, was sich verändert hatte, zu sehen, was andere an diesem Ort nicht sahen, zu erkennen, dass es an der Zeit war, die Dinge ruhen zu lassen.

Dennoch war sein Vater zurückgekehrt, seine Mutter und er selbst, und seine Träume stülpten sich über den Tag wie ein Glasgefäß, in dem er, der Käfer, umherirrte und keinen Ausgang fand.

Unbändiger Durst überfiel ihn. In Hektik schluckte er deshalb seinen Speichel herunter und drehte gleichzeitig den Kopf in alle Richtungen, um nach einem Laden Ausschau zu halten. Dann stieß er einen gurgelnden Laut aus. Er wusste doch, wo er etwas zu trinken kaufen konnte!

Auf der anderen Seite der Eggenfeldener Straße, auf dem Grundstück mit den alten Hütten und Garagen, befand sich der Zeitungsladen von Frau Korff. In diesem Geschäft, wo es nach Papier und Zigaretten roch, hatte er schon als Fünfjähriger Limo und Zuckerstangen gekauft und immer etwas geschenkt bekommen, einen Lutscher, ein lustiges Comicheft, ein Spielzeugauto. Er war neugierig, wie Frau Korff heute aussah und ob sie ihn wiedererkannte.

Die Ladentür stand offen. Er hielt inne und hustete, weil er zu schnell gelaufen war. Das Brennen in seinem rechten Unterschenkel ignorierte er.

Aus dem Innern drang ein Geruch nach Fett und

öligem Fisch. Wahrscheinlich täuschte er sich. Auf die Beschriftung über dem Fenster hatte er nicht geachtet, auch nicht auf das aufgestellte Werbeschild.

Diffuse Schatten füllten den Laden. Von der Sonne geblendet, musste er blinzeln, bis er die Umrisse der Einrichtung erkennen konnte. Keine Zeitungen weit und breit, keine Theke mit Süßigkeiten in runden und ovalen Plastikbehältern, keine Spielzeugfiguren, die in einem Extraregal neben der Kühltruhe auf neugierige Kinderaugen warteten. Keine bunten Comichefte und Frauenzeitschriften, keine Stapel Zigaretten und Kästchen mit Zigarren. Nirgendwo Lotto- und Totoscheine. Keine Frau Korff mit ihrer grünen Vogelspange in den Haaren und den runden silbernen Ohrringen, die den ganzen Tag klimperten. An stillen Sommertagen war das Geräusch bis über die Straße zu hören, klackklackklack, ein silbriges Klingen wie von geheimnisvollen Vögeln.

Niemand war da, nur er an der Tür. Der Geruch nach Fisch, der nicht einmal stark war, verursachte ihm Übelkeit.

Hallo, rief er.

Er bildete sich nur ein zu rufen. Stattdessen versickerte seine Stimme, kaum, dass sie seine trockenen Lippen erreicht hatte. Im Raum standen eine Theke, eine Kasse, in der Ecke ein Klapptisch mit zwei Stühlen, ein Kühlschrank mit einer Glasfront. Er wandte den Kopf zur Werbetafel vor der Tür. Mit weißer Kreide hatte jemand auf den schwarzen Untergrund geschrieben: Sushi mit Terrasse. Er las die Wörter ein zweites und drittes Mal. Ihm war nicht nach Lachen zumute. Bei Frau Korff hatte es keine Terrasse gegeben, wo sollte die sein?

»Ja, bitte?« Aus dem Zwielicht des Ladens tauchte eine asiatisch aussehende Frau auf. Sie war kleiner als er, jünger, was kein Kunststück war, und sie trug eine weiße Schürze über der Bluse und der schwarzen, weit geschnittenen Hose. Sie lächelte zu ihm hinauf. »Heute kein Essen«, erklärte sie.

»Haben Sie Bier?«

»Muss schauen.« Sie ging zum Kühlschrank, öffnete ihn und streckte die Hand hinein. »Glück gehabt, mein Herr. Letzte Dose.« Sie kam wieder zu ihm.

»Was muss ich bezahlen?«, fragte er.

Sie drückte ihm die Dose in die Hand. »Heute nichts, ist so heiß, Geschenk von Sonnengöttin.«

Er wollte etwas erwidern, aber die Worte, die ihm einfielen, gaben nichts her. Sein Danke klang wie ein verhuschtes Echo. Die Frau nickte ihm aufmunternd zu und blieb stehen, bis er auf der anderen Straßenseite angelangt war und gebeugt und schlurfenden Schrittes nah an der Hauswand seinen Weg fortsetzte. Ihrer Einschätzung nach musste er ungefähr achtzig sein, so alt wie ihr Großvater daheim in Qui Nhon.

Die Dose war eiskalt. Er wechselte sie von einer Hand in die andere und drückte sie sich zwischendurch in den Nacken. Ein leichter Wind kam auf, der ihm Luft ins Gesicht fächelte.

Auf den wenigen Metern von der Milchglasscheibe der ehemaligen Eingangstür bis zum Ende des Zauns dachte er noch einmal an die alte Frau Korff. Sie war immer schon alt gewesen, in ihrem Laden hatte er samstags Woche für Woche die Lottoscheine seiner Mutter abgegeben, auch dann noch, als sie schon in die Emin-Pascha-Straße umgezogen waren. Damals war er vierzehn, und sie schenkte ihm trotzdem Zuckerstangen. Er bewahrte sie in einer kleinen Papiertüte auf, um sie am darauffolgenden Montag im Schulbus noch vor dem Unterricht aufzuessen. Darauf freute er sich das ganze Wochenende. Er war überzeugt, seine Mutter wusste nichts davon. Sie hoffte, er würde das Abitur machen und etwas Sinnvolles studieren, was ihm eine gute Zukunft ermöglichte. Er brach die Schule nach der mittleren Reife ab.

Daran dachte er ohne Wehmut und betrat nun doch das Grundstück, auf dem seine Mutter ihren Garten gehegt und gepflegt hatte.

Wie als Kind oder Jugendlicher lehnte er sich mit dem Rücken gegen die klobige Betonsäule. Dann glitt er nach unten, bis er mit dem Hintern den Boden berührte, früher Gras, heute Steinplatten. Er streckte die Beine aus, zog die Schlaufe von der Dose, wachsam, dass kein Bier herausschäumte, und nahm den ersten Schluck.

In seinem Körper breitete sich ein unbändiges Wohlbefinden aus. Nach einigen Sekunden, in denen er sich wie ein Bub, der gerade das erste Steckerleis des Jahres in sich hineingeschleckt, die Lippen geleckt und selbstvergessen geschmatzt hatte, hielt er den rechten Arm in die Höhe und betrachtete die

Dose. Als wäre sie ein erlösender Kelch. Sein Hinterkopf berührte den runden Stein, und er konnte nicht anders, als die Augen zu schließen und sich die Wirkung des zweiten Schluckes vorzustellen, nach dem seine Zunge und sein Gaumen schon lechzten. Das kalte Bier betäubte alles Brennen in seinem Bein. Der Schatten, in dem er hockte, und der muntere Ostwind gaukelten ihm einen Frieden vor, von dem er wusste, dass er nur das bevorstehende Grauen maskierte.

Aber Hallig hielt die Augen geschlossen und den Arm von sich gestreckt. Er genoss seine Albernheit und scherte sich einen Dreck um den Schmutz, über den sein Mantel bei jeder Bewegung fegte.

Schluck um Schluck, ohne innezuhalten, trank er und wünschte, seine Mutter käme nach draußen und brächte ihm zur Vesper ein Schälchen Gurkensalat mit frisch geerntetem Dill.

In dem Restaurant, das früher wegen der tanzenden, rotschwarz bemalten Holzfiguren auf der runden Deckenaufhängung Schäfflersaal hieß, drängten sich Reisende mit ihren Kindern, Koffern und Hunden. Der Kellner hatte Mühe, in den hinteren Bereich vorzudringen, dorthin, wo an einem Zweiertisch ein Mann in einem weißen Hemd und eine Frau in einem Hosenanzug saßen, sie vor einem leeren Weinglas, er vor einem leeren Bierglas.

Seit einer Stunde waren sie trotz der Stimmenüberflutung in ein vertrauliches Gespräch vertieft, das jedoch, glaubte der Kellner, hauptsächlich aus einem bruchstückhaft vorgetragenen Monolog und einem trotzigen Schweigen bestand.

Der Kellner kannte Tabor Süden nicht. Obwohl er unzählige Arten des Schweigens beherrschte und einige davon vermutlich erfunden hatte, wäre der ehemalige Kommissar nie auf die Idee gekommen, sich auf diese Weise trotzig zu stellen. Das wäre ihm sauber kindisch erschienen. Er hörte der Frau einfach zu, seit sie wie aus dem Nichts vor ihm aufgetaucht war und ihm keine Wahl gelassen hatte. Wie einen störrischen Esel hatte sie ihn, untergehakt und brüsk vorwärtsschiebend, durch die Bahnhofshalle dirigiert, vorbei an ratlos herumstehenden Neuankömmlingen, Gruppen aufgedrehter Jugendlicher und sonstigen, sinnlos ihren Weg blockierenden Leuten. Am Eingang zum offenen Gaststättenbereich steuerte sie, ohne ihren Schritt zu verlangsamen, den kleinen Tisch in der Ecke an, von dem gerade zwei ältere Frauen aufstanden.

»Ein Veltliner, ein Helles.« Der Kellner stellte die frischen Getränke hin, nahm die benutzten Gläser und servierte Süden noch einen mitleidigen Blick, bevor er zurück ins Gewühl tauchte.

Als Süden damals nach München zurückgekehrt war, getrieben von der Vorstellung, seinen Vater nach fast vier Jahrzehnten zum ersten Mal wiederzusehen, hatte Edith Liebergesell ihn in ihrer Detektei aufgenommen. Sie besorgte ihm eine Wohnung und bezahlte ihm – aus Respekt vor seiner ehemaligen Tätigkeit als erfolgreicher Vermissten-Fahnder oder aus einem anderen, ihm bis heute rätselhaften Grund – ein monatliches Gehalt. Die Geschäfte liefen gut, die Zahl der Klienten stieg. Auf ihre beiden anderen Mitarbeiter konnte sie sich, wie auf Süden, zu jeder Zeit verlassen.

Der eine, ein Mann Ende sechzig namens Leonhard Kreutzer, bezeichnete sich selbst als »Münchens grauesten Schattenschleicher«. Was oder wen auch immer er observierte, nichts entging ihm, alles, was er an Erkenntnissen zusammentrug, führte am Ende häufig zu einem Bonus des Auftraggebers. Ihre Mitarbeiterin Patrizia Roos hatte Edith Liebergesell im »Grizzlys« kennengelernt, einer Bar in der Innenstadt, unweit ihres Büros. Bald waren die beiden Freundinnen geworden. Patrizia mixte Drinks und zapfte Bier. Als Edith ihr vorschlug, einen oder zwei Tage in der Woche in der Detektei auszuhelfen, rannte Patrizia wie aufgescheucht um die Theke herum, schlang die Arme um ihre Freundin, küsste sie auf den Mund und sagte, dass es immer ihr Traum gewesen sei, Detektivin zu werden.

So entstand ein Team, das nach kurzer Zeit wirkte, als würde es schon ewig existieren. Als wären sie füreinander bestimmt gewesen – der graue Witwer, die menschenfreundliche Nachtschwärmerin, die Frau, die ihr Kind verloren hatte, und der schweigsame Mann mit dem Adlermotiv auf seiner blauen Halskette.

Sie hatte ihn aufgenommen, und er war ihr gefolgt. Sie hatten eine Nacht zusammen verbracht und

Hunderte an einem Tresen. Mit jedem neuen Auftrag wuchsen sie näher zusammen, Süden und Liebergesell, Kreutzer und Roos. An jedem neuen Klienten verdienten sie nicht nur Geld, sie sahen in ihm auch ein weiteres Stück ihrer gemeinsamen Zukunft, nach der sie sich, jeder auf seine Weise, sehnten.

Ein Auftrag besiegelte das Ende. Eine Auftraggeberin legte ihre Gutgläubigkeit bloß und stürzte drei von ihnen in einen Schlund aus Schuld. Den Vierten, Leonhard Kreutzer, kostete das sein Leben. Im Feuer, mit dem unbekannte Täter die Räume der Detektei in Schutt und Asche legten, verbrannten nicht nur Gegenstände, Akten, Fotos und die Kartons, in denen Kreutzer seine Bleistifte und Blocks aufbewahrte, seine in gestochen scharfer Handschrift hinterlassenen Beobachtungen und Randnotizen. Die Flammen löschten die Gegenwart der drei Überlebenden aus und alles, was sie bisher erreicht hatten.

Deshalb hatte Süden sich nicht mehr verabschieden wollen. Deshalb wollte er beim Verschwinden so allein sein wie bei seiner Ankunft.

»Ich fände es gut, wenn ich eine Antwort bekäme«, sagte Edith Liebergesell. Ihre grüne Handtasche hatte sie neben sich auf den Boden gestellt, eine Angewohnheit, die Süden nie verstanden hatte. Ihr Arm hing herab, ihre Finger berührten die abstehenden Griffe – ein Zeichen dafür, dass sie bald hineingreifen und ihre Zigaretten hervorholen würde.

»Alles war erledigt«, sagte Süden. »Da war nichts mehr zu erklären.«

»Man verabschiedet sich von Freunden, wenn man geht. Man schleicht sich nicht davon.«

Sie wusste, was folgen würde, und schwieg mit ihm.

Er saß da, mit dem Rücken zur Wand, die Hände auf den Oberschenkeln, übermüdet, wie sie fand, unrasiert, mit einem Ausdruck maßloser Verlorenheit in den grünen Augen.

»Ich geh gleich zwei Zigaretten hintereinander rauchen, wenn du nichts sagst.«

Sie verwarf die Idee wieder. Womöglich haute er ab, während sie bis zum Südeingang lief, um sich auf dem Vorplatz eine anzustecken. Sie wusste, wer er war, oder bildete sich ein, es zu wissen. Wohin wollte er, fragte sie sich die ganze Zeit, und wieso hatte er das getan? Sich still und leise getrollt. Die Bude ausgeräumt, den Vermieter informiert und den Schlüssel in den Briefkasten geworfen. Basta. Wer macht so was? Süden doch nicht. Anscheinend schon. Das Handy, das sie ihm bei seinem Einstand geschenkt hatte, lag auf dem Küchentisch. Wieso?

Wenn sie heute Morgen nicht auf das unheilvolle Murren in ihrem Bauch gehört hätte, wäre er jetzt weg. Für immer. Davon war sie überzeugt. Wahrscheinlich hatte er ihre Telefonnummer schon vergessen. Zum Glück war der Vermieter erreichbar gewesen. Von ihm hatte sie erfahren, dass Süden ein Taxi bestellt hatte. Wohin er damit fahren würde, war für sie kein Geheimnis. Bei seiner Flugangst blieb nur der Bahnhof. Wie oft hatte er sie anstatt in ein Lokal zum Hauptbahnhof geschleppt – selten zum Ostbahnhof –

und mit ihr an einem der Stehtische Bier getrunken, sie Wein. Und jedes Mal waren sie so lange geblieben, bis nichts mehr ausgeschenkt wurde, und dann in eine Hotelbar in der Nähe weitergezogen. Glückvolle Abende. Jedenfalls aus ihrer Sicht. Und wenn man gemeinsames Trinken, Sprechen und Schweigen als Glück bezeichnen wollte.

Heute, dachte sie, durfte man innerhalb des Bahnhofsgebäudes, weder in der Halle noch an den Gleisen, nicht einmal mehr Alkohol trinken. Wie naiv. So naiv, wie sie gewesen waren, als sie glaubten, es wäre ein Auftrag wie jeder andere. Als sie den alten Mann losschickten und keinen Gedanken an die Hölle verschwendeten, deren Tore diese Frau mit ihrer Unterschrift auf dem Auftragspapier geöffnet hatte. Auch Süden hatte zu spät reagiert. Er war nicht schuld. Sie waren alle schuld. Die Mörder hatten Schuld. Die Mörder des Herrn Kreutzer hatten Schuld und die Mörder …

Sie hatte nicht daran denken wollen, nicht jetzt. Aber Süden redete mal wieder nichts, saß da, tat nichts, und sie musste etwas tun, sie musste etwas sagen. Aber nicht das. Nicht, dass der unheilvolle Auftrag eine Wahrheit ans Licht gebracht hatte, und wenn sie ihn nicht angenommen hätten, wäre der Tod ihres Sohnes niemals geklärt worden. Nach zehn Jahren! Das eine zu ertragen, war so grauenvoll wie das andere. Der Tod Leonhard Kreutzers hatte zur Aufklärung des Mordes an ihrem Jungen geführt. Eine Organisation rechtsradikaler Verbrecher hatte damals die Fäden gezogen und tat es später noch einmal.

Sie hielt nach dem Kellner Ausschau. Als sie ihn am Ausschank entdeckte, fuchtelte sie mit der Hand wie eine Ertrinkende. »Wir haben übrigens einen Auftrag. Ein Mann ist verschwunden. Jemand zahlt uns tausend Euro, und wenn wir den Mann finden, noch mal tausend.«

Süden schwieg.

Mit leeren Händen kam der Kellner an den Tisch mit den leeren Gläsern.

»Bitte auffüllen«, sagte Edith Liebergesell. »Und ein Glas mit Eiswürfeln extra.«

»Ist der Wein nicht kalt genug?«

»Doch.«

Nach einer Weile entdeckte sie ein vages Lächeln auf Südens Gesicht. Sie schaute zweimal hin.

»Deswegen bist du gekommen«, sagte er.

»Der Mann heißt Cornelius Hallig, wohnhaft im Hotel Prinz Ludwig in der Stubenvollstraße. Er war mal ein bekannter Schriftsteller, lang her. Der Mann wohnt seit mehr als dreißig Jahren in dem Hotel, früher gemeinsam mit seiner Mutter, die schon gestorben ist. Der Besitzer des Hotels rief mich an, er macht sich große Sorgen.«

»Die Polizei hat er auch angerufen«, sagte Süden.

»Hat er nicht. Traut sich nicht. Er sagt, Hallig ist sehr eigen, lebt extrem zurückgezogen. Seine Gesundheit ist stark angeschlagen, mit Ärzten will er nichts zu tun haben. Mitgenommen hat er nur seinen

Rucksack. Vor vier Tagen ist er spurlos verschwunden.«

Zum ersten Mal beugte Süden sich vor und legte die Hände auf den Tisch. »Er war Schriftsteller. Den Namen habe ich nie gehört.«

»Er schrieb unter dem Pseudonym Georg Ulrich.«

»Ein Kriminalschriftsteller.«

»Du hast was von ihm gelesen?«

»Früher.«

Der Kellner brachte die Getränke, stellte das Glas mit den Eiswürfeln in die Mitte des Tisches und nickte beiden aus irgendeinem Grund wortlos zu.

»Zum Wohl«, sagte Edith Liebergesell.

Süden stieß mit ihr an. »Möge es nützen!« Er trank aber nicht. Er setzte das Glas ab und blickte wieder zu den Zügen, minutenlang, schweigend, in Gedanken verstrickt. Dann sah er seine ehemalige Chefin mit einem, wie sie fand, eigenartig aufgehellten Gesichtsausdruck an. »Georg Ulrich. Ich hätte nicht gedacht, dass er noch lebt.«

»Dann nehmen wir den Auftrag an?«

»Unbedingt«, sagte Süden.

3

Er mietete das Zimmer für drei Nächte. Von seinem Fenster im dritten Stock schaute er auf die Rückseite des Kulturzentrums Gasteig, eines Kolosses aus rotem Backstein. Unweigerlich fragte sich Süden, wann er zum letzten Mal ein Konzert besucht oder an einer anderen Veranstaltung teilgenommen hatte. Nachdem er eine Zeitlang gegrübelt hatte, hielt er es für möglich, dass er das Gebäude allenfalls einmal im Rahmen einer Fahndung betreten hatte.

Ein Stock über ihm wohnte der verschwundene Schriftsteller.

Ursprünglich wollte Edith Liebergesell für den Aufenthalt aufkommen und die Kosten als Spesen absetzen, was Süden aber nicht zuließ. Es war seine Idee gewesen, in diesem Hotel eine vorübergehende Bleibe zu finden. Außerdem hatte er schon früher seine Aushäusigkeitsphasen in einer Pension aus eigener Tasche bezahlt.

Als er sich vom Fenster abwandte und das mit blauen Laken bezogene Doppelbett betrachtete, den schlichten Schrank aus Kiefernholz, den viereckigen Tisch unter dem Fernseher an der Wand, den schmalen, beige karierten Ohrensessel, den blaugrauen, abgetretenen Teppich, und den vertrauten Geruch nach Putzmittel und Raumspray einatmete, kehrte er für flüchtige Momente in eine Zeit zurück, in der er einen Beruf hatte, einen Freund aus Kindertagen, eine Kollegin, die seine Freundin war, eine Ahnung von Zukunft.

Dennoch war er immer wieder ausgebüxt. Tagelang blieb er unerreichbar, lag im Bett einer Pension in der Nähe seiner Wohnung und starrte an die Decke. Er trank in von der Sonne verachteten Stüberln.

Abgesehen von solchen Phasen führte er das Leben eines Mannes in der Gegenwart. Er übernahm Verantwortung bei komplizierten Ermittlungen, er suchte nach Vermissten und fand die meisten von ihnen. Er galt als guter Zuhörer und wachsamer Kriminalist. Am Ende eines Jahres blickte er auf ereignisreiche Monate zurück, auf die Höhen und Tiefen seines Jobs, auf die gewöhnlichen Dinge im Leben eines Staatsbeamten. Die Silvesternacht verbrachte er häufig allein im Zimmer, bei offenem Fenster.

Unten im Hotel warteten sie auf ihn. Vermutlich hatten sie bereits gegessen. Er hatte sowieso keinen Appetit. Im Bahnhofsrestaurant hatte er vier Helle getrunken, sie hatten ihn nicht hungrig gemacht. Anstatt abzureisen, war er also geblieben. Als hätte alles so kommen müssen. Als hätte er geahnt, dass Edith ihn nicht einfach verschwinden lassen würde. Als wäre sein Zögern in der Halle bloß ein Zeitvertreib gewesen.

Er dachte wieder an die beiden Namen. Cornelius Hallig. Georg Ulrich. Ein Mann hinter einem Pseudonym. Wie der Autor der Bücher, an deren Titel Süden sich nicht mehr erinnerte, mit richtigem Namen hieß, hatte er nie erfahren. Für ihn klang Georg Ulrich wie ein einfacher Name, echt und unauffällig, fast zu gewöhnlich für einen bedeutenden Kriminalschriftsteller. Drei oder vier Romane hatte Süden als junger Mann von ihm gelesen und den einen oder anderen verliehen.

Ob er die Bücher je zurückerhalten hatte, bezweifelte er. In seinem Besitz waren sie jedenfalls nicht mehr. Wie er überhaupt seit seiner Rückkehr nach München nur noch zwei Taschenbücher besaß, einen Band mit Gedichten von Friedrich Hölderlin und einen Band mit Briefen von Vincent van Gogh an seinen Bruder. Bevor er damals nach dem Ausscheiden aus dem Polizeidienst die Stadt verlassen hatte, hatte er seine gesammelten Bücher und Schallplatten an Bibliotheken, Krankenhäuser und Jugendzentren verteilt.

Georg Ulrich. Er sah den Namen vor sich auf dem Buchumschlag, geschwungene Schrift, schwarz. An der Seite oder auf dem Buchrücken ein gelber Streifen. Das Covermotiv blieb im Dunkeln. Süden nahm seine Hand zu Hilfe, hielt sie vors Gesicht, betrachtete sie wie eine Leinwand voller rätselhafter Linien und Zeichen, aber ohne Bilder.

Um ein Haar wäre er vor der Treppe über einen an die Wand gelehnten Staubsauger gestolpert. Mit der Hand, die gerade noch der Beschwörung seines

Gedächtnisses diente, griff er nach dem Geländer. Er hatte einen leichten Biergang.

Im ersten Stock sah er im Halbdunkel des Flurs ein grünes Schild aufleuchten. Im selben Moment fiel ihm einer der Buchtitel ein. Er blieb stehen und schaute fasziniert zu der weißen, rennenden Figur und dem weißen Pfeil, der den Notausgang anzeigte. »Unter den Stufen« hieß das Buch. Er versuchte, sich an den Inhalt zu erinnern. Aus der Jackentasche holte er seinen kleinen, karierten Schreibblock und einen Kugelschreiber und notierte sich den Titel. Sinnlos, dachte er beim Weitergehen, wahrscheinlich hatte Edith das Gesamtwerk des Autors längst im Internet recherchiert.

»Wir haben mit dem Abendessen auf Sie gewartet«, empfing ihn in einem enganliegenden schwarzen Seidenhemd und einer weißen Stoffhose Josef Ried, der sechsundsiebzigjährige Hotelbesitzer. Mit Edith Liebergesell saß er am Fenstertisch im Barraum. Auf seinem kahlen Kopf thronte eine türkisfarbene Lesebrille. Süden setzte sich, hängte seine Lederjacke über die Lehne, bemerkte das Handy vor sich auf dem Tisch – dasselbe, das er absichtlich in der Küche seiner Wohnung hatte liegenlassen.

»Sie mögen Schnitzel, sagt Ihre Kollegin.« Ried winkte dem Barmann. »Eigentlich haben wir abends keine Küche, lohnt sich nicht mehr, Sie sehen ja.«

Am Tresen saßen zwei Männer, der eine in einem braunen, der andere in einem hellblauen Anzug. Beim Reden knabberten sie Erdnüsse und tranken

Pils. Sonst waren keine Gäste da. Süden bestellte ein Helles, Edith Liebergesell ein weiteres Glas Wein.

»Das ist unser Henry«, sagte Ried, der seinen Aperol Spritz offenbar nur der Geselligkeit wegen bestellt hatte. Hin und wieder nippte er am Glas. »Er ist auch schon zwanzig Jahre bei uns. Er hat noch in der Bar vom Bayerischen Hof gelernt. War eine andere Zeit.« Sein Blick streifte die beiden Tischnachbarn. »Ich bin erleichtert, dass Sie da sind, Frau Liebergesell, Herr Süden. Das ist alles höchst beunruhigend, ich weiß mir nicht mehr zu helfen.«

Edith Liebergesell hob ihr Glas, auch Süden und Ried, sie nickten einander zu, und der Hotelier benetzte die Lippen. Aus den Lautsprechern hinter dem Tresen ertönte monotone Popmusik aus den Achtzigern, die nicht störte und gerade laut genug war, um die ineinanderpolternden Monologe der Anzugträger zu dämmen.

»Ihre Angestellten wissen auch nichts«, sagte Süden.

»Nein. Nein. Nein.« Rieds Stimme klang wie ausgehöhlt. Das Vermissen schien nicht nur einem geschätzten Stammgast zu gelten, vielmehr einem Mann, mit dem ihn eine von Grund auf erschütterte Freundschaft verband. Aus Rieds Worten glaubte Süden die flattrige, uneingestandene Furcht von Angehörigen herauszuhören, in deren Mitte plötzlich jemand fehlte. Jemand, an dessen unerwartetem Verschwinden sie sich mitschuldig glaubten. Immer tiefer katapultierten sie sich ins eigene, innere Elend, je armseliger sie sich als Zeugen entpuppten. Manche wussten nicht einmal die Augenfarbe des vertrauten Menschen, seine Größe, oder sie hatten keine Ahnung von seinen Lieblingsplätzen, seinen Gewohnheiten und mussten überlegen, ob er Rechts- oder Linkshänder war.

Über das Aussehen, den Alltag und die bevorzugten Orte des Rechtshänders Cornelius Hallig alias Georg Ulrich bestanden keine Differenzen.

»Ach, endlich!« Mit einem Ausdruck fast übertriebener Erleichterung begrüßte Ried den Koch, der auf einem Tablett die drei identischen Mahlzeiten servierte. »Das ist unser Armin, er kocht, auch wenn er selten seine wahren Fähigkeiten zeigen kann. Aber er hält uns die Treue.«

»Lassen Sie sich's schmecken«, sagte Armin, nachdem er die Teller mit dem panierten Fleisch und dem Gurkenkartoffelsalat und die Schälchen mit dem grünen Salat verteilt hatte. Seine kurzärmelige Kochjacke mit dem Stehkragen und der akkurat geschlossenen Knopfleiste war so blütenweiß wie die Schirmmütze, die er lässig in die Stirn gezogen hatte. Nach Südens Eindruck hatte Armin sich vor dem Servieren umgezogen, und wenn der Koch in einer halben Stunde abgeräumt hätte, würde er die Sachen sofort wieder ordentlich in den Schrank hängen – für den nächsten Auftritt vor Überraschungsgästen.

Beim Essen redeten sie über die allgemeinen Veränderungen in der Gastronomie und im Hotelgewerbe. Wie nebenbei hatte Josef Ried das Thema angeschnitten. Süden sah die Notwendigkeit dieser Abschweifung sofort ein. Anders als bei seinem Getränk ließ Ried beim Zerteilen des Schnitzels keine Zeit verstreichen. Er aß Bissen um Bissen, nicht hastig oder gierig, eher hungrig oder weil ihm das Sprechen dann leichter fiel. Zwischendurch berichtete er von geplanten Umbaumaßnahmen in seinem Hotel, erwähnte potentielle Kaufinteressenten, wechselte zu den Sorgen befreundeter Kollegen, vielleicht, um nicht aus Versehen bei detaillierten Schilderungen aus dem eigenen Haus die Wunde zu streifen, deren Schmerz auch ein wie immer schmackhaftes Tellergericht nicht linderte.

Wenn Ried innehielt und nachdenklich im Salat stocherte, stellte Süden eine belanglose Frage, etwa nach der Anzahl der in jüngster Zeit neu gebauten Hotels in der Stadt. Ried antwortete ausführlich, als präsentiere er exklusive Informationen. Auch Edith Liebergesell mischte sich gelegentlich ein.

So vergingen zwanzig Minuten. Die beiden Männer aßen ihr Schnitzel vollständig auf, die Frau ihres nur zur Hälfte, dafür den Salat, den die Männer kaum anrührten. Süden hätte seinen gern gegessen, aber Ried hatte sein Besteck und die Papierserviette schon auf den Teller gelegt und seine Ausführungen abrupt beendet. Mit dem Handballen rieb er sich das rechte Auge, und als er die Hand wegnahm, war sein Blick verschwommen und angefüllt mit Trauer.

Niemand sprach.

Die zwei Geschäftsleute an der Bar bestellten

neues Bier und frische Erdnüsse und redeten weiter. Der eine mit aufgestütztem Ellbogen und der Faust an der Wange, der andere wild gestikulierend und mit eckigen Bewegungen des Oberkörpers. Süden drehte ein wenig seinen Stuhl, um das Gewedel auch aus dem Augenwinkel nicht wahrnehmen zu müssen.

Unbefleckt wie zuvor und mit glatt gezogener Jacke kam Armin, der Koch, an den Tisch und erkundigte sich, ob alles geschmeckt habe. Jeder bejahte. Jedem war klar, warum Armin die Frage nach einem Dessert unterließ. Nachtisch war seit langem aus.

Wieder bedachte Ried seine beiden Gäste mit einem eindringlichen Blick. Dann räusperte er sich. Er holte Luft, griff nach seinem immer noch halbvollen Glas mit der verblassenden orangefarbenen Flüssigkeit und hielt inne. Auf seinem Schädel bildeten sich Schweißtropfen. Seine Schultern hoben sich und sackten herab, ein dumpfes Keuchen kam aus seiner Brust, das er jedoch nicht zu bemerken schien.

Vor sich hin starrend, saß Ried da wie jemand, der sich ins Halbdunkel einer Bar geflüchtet hatte, um eine Erklärung für die Mühen des Tages zu finden, für die sich unendlich wiederholenden, unbegreiflichen Demütigungen des Lebens. Anfangs bestand seine Stimme aus purer Mutlosigkeit.

»Ich kenne ihn«, begann der Hotelier zögernd. »Ich weiß doch, dass ich ihn kenne. Wir kennen ihn alle, wir, die wir hier arbeiten und jeden Tag zusammen verbringen. Es muss vierundachtzig gewesen sein, oder fünfundachtzig, da zog er mit Rose hier ein. Rose war seine Mutter. Zu der Zeit war er noch berühmt. Wussten Sie, wie erfolgreich er einmal war? Äußerst erfolgreich. Seine Bücher wurden verfilmt, sogar ins Ausland verkauft, im Radio liefen Hörspiele nach seinen Geschichten. Er lebte vom Schreiben.

Darüber redete er nie. Stellen Sie sich vor, das erste Jahr nach seinem Einzug im Hotel bezahlte er vollständig im Voraus.

Immer höflich gewesen, immer Guten Morgen, Grüß Gott, Guten Tag, Gute Nacht. Sie lebten nebeneinander, im vierten Stock, das habe ich Ihnen schon gesagt, er und die Rose. Wo ist er denn? Wieso weiß niemand was? Nicht mal die Inka, unser Zimmermädchen, die sich um seine Sachen kümmert. Sie bringt die Wäsche weg, holt sie aus der Wäscherei wieder ab, redet mit ihm, sie kannte noch seine Mutter. Sie ist noch jung, Inka, aber auch schon lang bei uns. Sie ist genauso verstört wie wir alle.

Kein Ton. Nicht, dass er sonst viel geredet hätte. Wahrlich nicht. Hier in der Ecke sitzt er, jeden Abend, der Dreiertisch gehört ihm, egal, wie viele Gäste sonst noch da sind. Das ist sein Tisch. Da, wo wir jetzt sitzen. Sie müssen nicht denken, er habe niemanden Platz nehmen lassen. So einer ist er nicht, das würde er nie tun, einen ganzen Dreier-Tisch für sich allein beanspruchen. Ein Platz ist reserviert, immer, jeden Abend, sein Platz, die anderen beiden sind frei. Oft trauen sich die Leute nicht, sich zu ihm zu setzen.

Nicht, weil er abweisend wirkt, er ist nur still, redet nicht viel. Wenn er gefragt wird, antwortet er. Ein Stoffel ist der Cornelius nicht. Aber wenn ihn jemand zuquatscht, was früher öfter vorkam, wenn Geschäftsreisende hier übernachteten und abends die Bar bevölkerten und sich zu dritt an den Tisch quetschten, dann neigte er dazu, bald zu verschwinden.

Er beklagte sich nicht. Kann mich nicht entsinnen, dass er sich jemals über etwas beschwert hätte. Seine Mutter auch nicht. Die beiden benahmen sich sehr ähnlich, ihre Scheu Leuten gegenüber, ihre stille Zurückgezogenheit. Als sie herkamen, half die Rose noch in einer Schneiderei, hab vergessen, wo genau. Nicht weit von hier. Sie war gelernte Schneiderin, hat so ihren Buben über die Runden gebracht. Einen Vater gab's nicht mehr, der hatte sich verabschiedet. Nach allem, was ich verstanden habe, nahm die Rose ihr Schicksal klaglos an und machte das Beste draus.

So wie ihr Sohn. Nachdem die Tantiemen weniger wurden. Nachdem sein Name aus den Zeitungen verschwand. Was ich meine, ist, er hat weiter geschrieben und auch Bücher veröffentlicht, und das Geld reichte immer noch, um die beiden Zimmer zu bezahlen und für Essen und Trinken. Aber der Ruhm war weg. Wenn ich jetzt darüber nachdenke, frag ich mich, ob er jene Zeit in seinen Zwanzigern und frühen Dreißigern überhaupt als Ruhm empfunden hat. Eigentlich bezweifele ich es. Ruhm, das Wort habe ich nie aus seinem Mund gehört, oder das Wort Erfolg, oder das

Wort berühmt. Solche Worte sind ihm fremd. Begreifen Sie das?« Er nippte an seinem Glas und verzog das Gesicht.

»Er machte kein Aufhebens von sich«, sagte Süden. Er trank einen Schluck, um Ried Gesellschaft zu leisten.

»Nicht das geringste. Wenn es nach ihm gegangen wäre, hätte er am liebsten eine Tarnkappe getragen. Oft saßen wir noch spätnachts hier unten, er auf Ihrem Stuhl, Herr Süden, ich auf meinem, und ich fragte ihn nach seinen Anfängen, seinen ersten Erfolgen, wie es dazu kam, dass er Schriftsteller wurde. Von solchen Fragen schien er geradezu überfordert. Das war nicht meine Absicht, ich wollte ihn nicht aushorchen, hatte aber bald den Eindruck, er könnte das vermuten. Weit gefehlt. Mich interessierte sein Leben. Ich mochte seine Art zu sprechen, mit dieser näselnden, weichen Stimme, ich hörte ihm gern zu. Stundenlang hätte ich ihm zugehört, wenn er jemals stundenlang gesprochen hätte.

Früher, wenn er getrunken hatte, brachte er es mit dem Reden vielleicht mal auf drei Minuten am Stück, dann schien er sich des Ausbruchs bewusst zu werden und verstummte für den Rest des Abends. Ach, Cornelius, wo bist du denn?

Übrigens, seine Mutter verbrachte selten einen Abend in der Bar. Sie ging gegen neun Uhr schlafen und stand um fünf auf. Einmal in der Woche führte Cornelius sie in ein Lokal in der Nähe. Meist aßen sie bei einem Italiener oder Griechen, ich glaube sogar, immer nur in denselben zwei Restaurants. Das machten sie über die Jahre. Erst, als die Rose krank wurde und das Hotel nicht mehr verlassen konnte, hörten ihre kleinen Ausflüge auf.

Natürlich wollte die Rose, dass er allein zum Italiener oder Griechen ging. Das tat er nie. Kein einziges Mal. Auch er verließ in dieser Zeit kaum noch das Hotel, allenfalls, um der Videothek am Isar-Tor-Platz einen Besuch abzustatten. Dort lieh er sich Videos oder DVDs aus. Aus der Videothek, das muss ich erwähnen, kam er meist in gehobener Stimmung zurück. Der Herr Eckart habe ihm wieder drei außergewöhnliche Filme empfohlen, schwärmte er dann, und ich schwöre, dass Schwärmen ansonsten nicht zu seinen Charaktereigenschaften zählte. Anscheinend war dieser Herr Eckart der Chef des Ladens oder ein wichtiger Angestellter, ein absoluter Cineast, jedenfalls erwähnte Cornelius dessen Namen über Jahre hinweg regelmäßig und mit einem fast kindlich glühenden Gesichtsausdruck. Stellen Sie sich vor, der Herr Eckart hat mir einen unglaublichen Film empfohlen, sagte er, ohne den Herrn Eckart hätte ich diesen Regisseur nie kennengelernt, nur der Herr Eckart weiß, welche Filme zu mir passen.

Wer mag dieser Mann gewesen sein? Ich habe ihn nie kennengelernt, Cornelius brachte ihn nie mit. Mehrfach habe ich ihn aufgefordert, den ominösen Filmexperten doch mal zu uns einzuladen, auch ich sehe mir ab und zu schöne Filme an, vielleicht hätte er ein paar Tipps für mich. Er würde ihn fragen, sagte

Cornelius. Ich bin sicher, er hat ihn nie gefragt. Das macht nichts.

Die Videothek gibt es schon lang nicht mehr, wer weiß, was aus Herrn Eckart geworden ist. Im Moment wissen wir nicht einmal, was aus Cornelius geworden ist. Deswegen habe ich Sie hergebeten. Sie suchen doch Verschwundene, Herr Süden, das hat mir Ihre Kollegin erzählt, und sie hat auch gesagt, Sie finden sie wieder. Ich flehe Sie an. Wenn Sie uns Cornelius zurückbringen, brauchen Sie das Zimmer nicht zu bezahlen, ganz gleich, wie lang Ihre Suche dauert. Das ist hiermit versprochen. Geben Sie mir die Hand drauf.«

Nach allem, was Süden bisher über den Verschwundenen gehört hatte, entsprang sein Zögern einem Reflex aus alten Tagen. Für den Bruchteil einer Sekunde war er vom Tod des Schriftstellers überzeugt. Dann streckte er die Hand aus.

»Kommen Sie«, sagte Ried. »Gehen wir rauf.«

Edith Liebergesell hob ihre Tasche vom Boden auf. »Macht ihr das, ich rauch derweil.«

Auf dem Weg in den vierten Stock sprachen die beiden Männer kein Wort. Gebeugt und sich am Geländer festhaltend, ging Ried mit schweren Schritten voran. Wenn er ihm nicht auf dem Fuß folgen würde, dachte Süden, hätte der Hotelier vermutlich auf jeder Etage eine Pause eingelegt. Vor der Tür mit der Nummer 44 blieben sie stehen.

»Hier wohnt er«, sagte Ried. »Und da, in Zimmer 42, lebte die Rose.«

»Sperren Sie auf.«

»Nicht nötig. Es ist offen.« Er drückte die Klinke und trat zur Seite. »Sie sind am Zug, Herr Süden.«

Der Detektiv trat nicht über die Schwelle. Ein Blick genügte ihm. Ein Schrank, ein Bett, ein Tisch, zwei Stühle, ein Fernseher mit Flachbildschirm, ein enges Badezimmer, eine Kochnische mit zwei Herd-platten, einer Kaffeemaschine, einem Holzbrett zum Brotschneiden, Besteck in einem roten Plastikkasten. Keine Bilder, keine Bücher. Das Fenster ging zur sel-ben Straße wie seines einen Stock tiefer. Alles sauber, alles wie unbenutzt. Niemand käme auf die Idee, dass hier ein Mann seit dreißig Jahren lebte. Dass hier überhaupt jemand ein und aus ging, schlief und sich eine Mahlzeit zubereitete oder vor dem Fernseher Bier trank. Diesen Ort bewohnte der Schatten eines Unsichtbaren.

Süden drehte sich zum Besitzer um. »Ich werde die Nacht in diesem Zimmer verbringen«, sagte er. »Ich schlafe auf dem Boden. Geht das in Ordnung?«

Auf dem Bürgersteig gingen Leute vorbei. Sie beach-teten ihn nicht. Er hockte auf dem Steinboden, an die Betonsäule gelehnt, die Beine ausgestreckt, und drehte die leere Bierdose zwischen den Händen. Vor-hin war ein Streifenwagen auf der Friedrich-Eckart-Straße aufgetaucht. Instinktiv hatte Hallig den Kopf eingezogen. Der Wagen hielt an der roten Ampel. Aus den offenen Fenstern waren die Stimmen der Beam-ten zu hören, sie lachten über irgendetwas, dann gab der Fahrer Gas, und das Auto entfernte sich mit hoher Geschwindigkeit.

Von seiner Vertrauten, bei der er Unterschlupf gefunden hatte, wusste er, dass sein Freund Ried ihn noch nicht offiziell als vermisst gemeldet hatte. Niemand suchte also nach ihm. Ihrer Aussage nach rechneten sie jede Stunde mit seiner Rückkehr. Ein wenig wunderte ihn Josefs Gelassenheit, gewöhnlich neigte er in unübersichtlichen Situationen zu Übersprunghandlungen, für die ihm hinterher jede Erklärung fehlte. Andererseits, vermutete Hallig, käme Josef niemals auf die Idee, es könnte sich um einen endgültigen Abschied handeln.

Mit geschlossenen Augen stellte er sich vor, wie Josef alle halbe Stunde an die Tür von Zimmer 44 klopfte, in der irren Hoffnung auf die vertraute Stimme. Seine im Schrank zurückgelassenen Sachen zu durchsuchen, traute Josef sich gewiss nicht, dachte Hallig, dazu war der liebe Kerl viel zu wohlerzogen. Sie waren Freunde, aber wenn er ihm auch nur ein Wort von dem verraten hätte, was ihn umtrieb und unvermeidlich geschehen würde, wären die Auswirkungen von Josefs Übersprunghandlungen noch im fernen Moosach zu spüren gewesen.

Wieder fiel sein Blick auf das vergitterte ehemalige Küchenfenster. Er hatte eine Idee.

In drei Stunden, wenn es dunkel war, wollte er ins Haus einbrechen und in dem Raum, den seine Mutter als Schneiderei genutzt hatte, ein letztes Mal übernachten.

4

Er tastete sich die Wände entlang, vorbei an den Fenstern, durch die das milchige Licht der giebelhohen Straßenlampe fiel, und duckte sich jedes Mal, als könnte er von draußen bemerkt werden.

Niemand war unterwegs. Ab und zu huschten die Scheinwerfer eines Autos über die Kreuzung. Die Schuhsohlen schleiften über den staubigen Betonboden und nahmen allmählich die Farbe von Steinen an. In der Hitze des Tages hatte ihn das eine Bier, das die Asiatin ihm geschenkt und das er in sich hineingekippt hatte, in einen schummrigen Zustand versetzt, der ihn gleichzeitig wehrlos schwanken und rastlos werden ließ. Unaufhörlich hatschte er von einer Ecke in die andere und nahm nicht einmal das scharrende Geräusch wahr.

Er war nicht betrunken. Nüchtern war er auch nicht. Ihm schwindelte. Wenn er die Hand aus der Manteltasche nahm und den Arm ausstreckte, um sich abzustützen, zogen seine Beine ihn weiter. Die Enge des Raums erschütterte ihn. Ihm war die Verblüffung von Erwachsenen, die nach langer Abwesenheit zum ersten Mal die scheinbar geschrumpften Zimmer ihrer Kindheit betraten, wohl bewusst. Etliche Male hatte er in seinen Romanen darüber geschrieben. Doch an diesem Tag, in dieser Nacht versetzte ihn der Anblick in eine Art Schockzustand.

Kaum hatte er auf der Rückseite des Gebäudes die verrostete Klinke einer der beiden Türen aus der Verankerung gerissen, den Riegel abgebrochen und anschließend den fast vollständig im Dunkeln liegenden, nach verfallendem Gemäuer riechenden Flur betreten, war er, einen dumpfen Laut ausstoßend, wie angewurzelt stehen geblieben.

Allen Ernstes hatte er geglaubt, er würde sich beim nächsten Schritt den Kopf an der niedrigen Decke stoßen oder gleich gegen die Wand prallen. Er machte einen Schritt nach vorn, dann noch einen. Zögernd und bald von einem inneren Zwang gescheucht, begann er mit seinem Rundgang nah an den Wänden, den Fenstern, vorbei an den zwei Durchgängen an den Schmalseiten. Der eine führte in die Küche zum Garten hin, der andere zum Wohnzimmer, das ans Treppenhaus grenzte. Nach der zweiten Runde glaubte er, das Rattern der Nähmaschine und die Stimmen aus dem Radio zu hören, das seiner Mutter bei der Arbeit Gesellschaft leistete.

Er war im richtigen Raum, aber er war nicht mehr der Richtige. Er war zu alt, zu einsam.

In der gleichmäßigen Melodie des täglichen Tackerns der Nadel und des Weltgeschehens im Röhrengerät bildeten seine schlurfenden Schritte und sein mürrisches Schweigen ein armseliges Störgeräusch.

Noch immer begriff er die Dimensionen nicht.

Noch immer hielt er es für möglich, dass er sich aus einem gespenstischen Grund bloß verschaute. Dass sich der Raum beim Hinsehen von der nächsten Ecke aus lichten und in seiner behütenden Größe offenbaren würde. Dass er nicht in einem Verlies gelandet war.

Überstürzt riss er die Hand aus der Manteltasche und presste sie gegen die Wand. Der Stein fühlte sich kälter an als die Bierdose aus dem Kühlschrank. Vorsichtig, wie jemand, der im Stockdunkeln nach einem Fluchtweg tastete, bewegte er sich vorwärts, den Blick starr nach unten gerichtet, als würde er gleich die Stelle erreichen, an der er beim vorigen Mal gestolpert war. Auf dem Boden nichts als Kiesel und flache Brocken von abgeblättertem Putz, verkrustete Erdklumpen und Staubfladen. Eine von den Schuhen freigescheuerte Spur verlief gradlinig am Rand entlang, Hallig folgte ihr Runde um Runde.

Am türlosen Durchgang zum Küchenraum griff er aus Versehen neben die Wand. Er kippte mit dem Oberkörper nach vorn, stützte sich mit der anderen Hand am schiefen Türrahmen ab, spürte, wie sich die Spitze eines Nagels oder Holzstücks in seine Innenhand bohrte, ließ den Rahmen los und fand sein Gleichgewicht nicht wieder.

Taumelnd ruderte er mit den Armen. Wieder, wie im finsteren Flur nach seinem Eindringen ins Haus, stieß er einen unterdrückten Schrei aus. Dann sackte er, über seine eigene Stimme erschrocken, auf die Knie. Ein Blitz durchfuhr seinen rechten Unterschenkel. Vor Schmerz biss er sich auf die Lippen und verlor noch einmal das Gleichgewicht. Wehrlos kippte er zur Seite. Der Wollmantel federte den Aufprall ab, doch Hallig schlug mit dem Hinterkopf auf den harten Boden und blieb benommen liegen, zur Seite gedreht, mit verschwommenem Blick und einem unter der Haut lodernden Bein.

Wie lange er so dalag, wusste er hinterher nicht mehr. Er erinnerte sich, einen unangenehmen Geruch eingeatmet zu haben, begleitet von einem Gefühl der Erleichterung. Zwar ließ der knochentiefe Schmerz in seinem Bein nur unwesentlich nach. Die Druckwellen in seinem Kopf, ausgelöst durch die Erschütterung des Aufpralls, ebbten nur langsam ab. Im Rest seines Körpers jedoch breitete sich eine ungeahnte Ruhe aus.

Obwohl er im Dreck lag, nachts, in einem von modriger Kälte erfüllten Abbruchhaus, hätte er nirgendwo anders sein mögen.

Das war eine solch betörende Gewissheit, dass er zu summen begann. Ihm war, als hätte ihn jemand nach einer ewigen Irrfahrt endlich in Obhut gebettet. Wie armselig, dachte er und schwelgte gleich noch einmal in seiner Vorstellung von Geborgenheit.

Dann verstummte er.

Von draußen drang kein Laut herein. In der Stille hörte er ein Schaben. Er stützte sich auf dem Ellbogen ab und richtete sich ein wenig auf. An seiner linken Schuhsohle knabberte eine Maus. Sie huschte davon und tauchte wieder auf, schnupperte, verharrte, flitzte um seine Beine und verschwand in einem Loch unterm vergitterten Fenster.

Früher, erinnerte er sich, während er zur Wand rutschte und sich dagegen lehnte, gehörten Mausefallen zur Einrichtung. Seine Mutter besaß vier oder fünf davon, eine eifrige Jägerin, deren Mitleidlosigkeit ihn als Buben manchmal erschüttert hatte. Die kleinen Nager waren lustig, sie sausten durchs Haus oder durch den Garten, abrupt die Richtung wechselnd und schneller, als er schauen konnte. Wenn seine Mutter nicht in der Nähe war, lockte er die Mäuse mit Keksen, und sie berührten seine Hand fast mit der Schnauze.

Sie waren immer noch da, Generationen später, und niemand mehr, der sie in die Falle lockte. Er lauschte. Kein Knistern, kein Rascheln. Nur das Rasseln seines Atems. Die Finger seiner linken Hand umklammerten die Zigarettenschachtel in der Jackentasche. Seit Stunden hatte er keine mehr geraucht. Fast ein Rekord. Und er hatte nichts getrunken, abgesehen von den paar Schlucken Dosenbier.

Das Zittern seiner Hände war ihm bewusst, das war nichts Ungewöhnliches. Wenn er zwei, drei Biere trank, hörte es auf. Auch die Flammen in seinem Bein löschte er gewöhnlich auf diese Weise. Alles Routine. Ein alter Mann und seine Tricks. Im Hotel hätten sie ihn am liebsten gefesselt und gegen seinen Willen zum Arzt geschleift. Wegen des Zitterns und des Trinkens und seiner Beine und seines Gesamtzustands, Josef und die anderen.

Ihm fiel ein, dass er seine Vertraute, in deren Kammer er schlief, vergessen hatte. Auf einem Zettel, den er auf den Tisch gelegt hatte, stand, sie solle sich keine Sorgen machen. In den vergangenen Tagen war sie erstaunlich zurückhaltend geblieben. Vor etwa einem Monat hatte er sie gefragt, ob sie sich vorstellen könne, etwas für ihn zu tun, was sie niemandem erzählen dürfe. Sie reagierte unaufgeregt. Er erklärte ihr, er bereite – was ebenfalls niemand wissen dürfe – einen neuen, letzten Roman vor, den er aufgrund der vielen Erlebnisse und schweren Stunden in seinem Zimmer nicht beginnen könne. Da er keinen Menschen in seine Pläne einweihen wolle, weil er dann lauter Fragen beantworten müsse, suche er nach einem anonymen Ort, an dem ihn niemand fände. Nach spätestens einer Woche würde er im Hotel anrufen und um Nachsicht für sein Verhalten bitten. Vorher aber müsse er dringend diesen radikalen Schritt vollziehen, anders käme er nicht in den Fluss des Buches, dessen Hauptfigur eine ähnlich handelnde Person wie er sei.

Was er tun wolle, fragte sie, wenn jemand die Polizei einschalte und nach ihm suchen lasse. Darüber, sagte er, zerbreche er sich nicht den Kopf. Solange sie ihn nicht verrate, habe er nichts zu befürchten. Außerdem sei er überzeugt, dass Josef, sein lieber Freund, lange zögern würde, bevor er ihn offiziell als vermisst meldete. Seit jeher habe Josef ein gespaltenes Verhältnis zur Polizei, eher würde er sich an eine Detektei wenden. Aber selbst das könne er sich kaum vorstellen, meinte Hallig, und sie gab sich damit zufrieden.

Alles gelogen. Alles entsprang seiner blanken Not. Er brauchte eine Zwischenwelt, bevor er den letzten Schritt tat, eine unvertraute Unterkunft, in der ihm nichts gehörte, in der er nichts zurücklassen würde.

Wie spät?, dachte er im schwarzen Winkel der ehemaligen Schneiderei mit den unverwüstlichen Mäusen. Wie lange war er schon weg von seinem erschwindelten Zuhause?

Ein neuer Gedanke beschäftigte ihn.

Dass sie seinen Rucksack durchwühlen und die in ein Frotteehandtuch eingewickelte Pistole finden könnte.

Das Bündel lag in einer etwa dreißig Zentimeter langen und zwanzig Zentimeter breiten Holzschachtel unter einem Stapel neuer, in Plastikfolie verpackter Oberhemden. Zwei Hemden in Weiß, drei in Blaugrau, soweit Süden die Farbe im mickrigen Licht der Stehlampe erkennen konnte. Er stand vor dem Schrank und zögerte.

Nachdem der Hotelbesitzer ihm unter der strengen Auflage, auf keinen Fall das Bett zu benutzen und sich nicht einmal daraufzusetzen, erlaubt hatte, in Zimmer 44 zu nächtigen, und mit einem letzten, kritischen Blick die Tür geschlossen hatte, unternahm Süden zunächst nicht das Geringste.

Wie ein Ermittler, der sich am Tatort vor dem Hinterlassen eigener Fingerspuren schützte, steckte er die

Hände in die Taschen seiner Lederjacke und musterte den Raum ein zweites Mal. Einer der beiden Stühle war ein Klappstuhl mit Stoffbespannung in der Art von Regiestühlen. Das hatte er vorhin nicht bemerkt, ebenso wenig wie die Minibar neben dem Schrank und den quadratischen schwarzen Kasten mit der abgeflachten Vorderseite hinter der Tür. Noch einmal hatte er den Kopf in Richtung Badezimmer gedreht, das bis auf ein einziges Handtuch leer zu sein schien. Er hätte nachsehen können, aber etwas hinderte ihn daran.

Wenn er aus Respekt vor einem Mann, dessen Bücher er früher bewundert hatte, oder aus berufsbedingter Erschöpfung und einer damit verbundenen, unprofessionellen Scheu heraus das Stöbern im Zimmer eines Vermissten verweigerte, warum war er dann hier?, fragte er sich. Warum hatte er sich dann noch vor einer Viertelstunde wie ein eifriger Fahnder verhalten, dessen Methoden den Auftraggeber vielleicht irritierten, die aber unbedingt zu ihm gehörten wie der blaue Stein an seiner Halskette und sein provozierendes Schweigen, mit dem er notfalls an ausgetrockneten Vernehmungen zündelte, um sie neu zu entfachen?

Eine Zeitlang überlegte er, wieder nach unten zu gehen und den beiden, die bestimmt noch beisammensaßen, zu erklären, dass seine Entscheidung unumstößlich sei. Die Entscheidung, die er lange vor dem Augenblick getroffen hatte, als seine Chefin ihm mitteilte, sein Mietvertrag würde in drei Monaten enden. Die Entscheidung, die seinen Aufbruch heute Morgen beflügelt hatte. Die Entscheidung, unwiderruflich zu verschwinden.

Je länger er den billigen Schrank anglotzte, desto mehr fühlte er sich auf verschrobene Weise von dem Möbelstück herausgefordert. Als blaffte es ihn an. Als raunzte ihm jede Faser des abgenutzten Holzes zu, wie feige und ausgelaugt er wirke und dass er sich besser in Luft auflösen solle, wie der Dauermieter, der immerhin den Mumm dazu gehabt hätte.

Wenn ein Mann anfing, mit einem Schrank zu reden, dachte Süden, hatte er eine Stufe der Verzweiflung erreicht, auf der die Tür zur Selbstauslöschung weiter offen stand als Jesu Herz im Angesicht der Kinder.

So weit war er noch nicht. So weit war auch der Mann noch nicht, den er suchte, hatte er sich gesagt und die Hand nach der Schranktür ausgestreckt.

Was er vorfand, überraschte ihn nicht.

Erleichtert, den Schritt getan zu haben, ließ er den Arm sinken und schaute. Der Gedanke, dass er kurz davor war aufzugeben, beschämte ihn jetzt. Da lagen Hemden, unbenutzt, die vier anderen Regale waren leer. Da hingen zwei Mäntel, ein brauner Kamelhaarmantel und ein schwarzer Wintermantel, und sonst nichts. Keine Jacken, Krawatten oder Blousons, keine Schuhe auf dem Schrankboden, nirgendwo Socken oder Unterwäsche.

Süden stieg der feine Geruch nach Politur in die Nase. Mit gesenktem Kopf nahm er Anteil an den

Hinterlassenschaften. Noch war er nicht bereit, fremdes Eigentum zu berühren.

Welches Recht, fragte er sich, erlaubte ihm das Eindringen in das Zuhause eines Menschen, der offensichtlich aus freier Entscheidung weggegangen war? Das allgemeine Selbstbestimmungsrecht erlaubte es jedem Bürger, aufzubrechen, wohin er wollte. Im Fall Hallig deutete nichts auf ein Verbrechen hin, nichts auf eine Gefahr für Leib und Leben, nichts auf einen Suizid, zumindest hatte sein bester Freund Ried keine Andeutungen in dieser Richtung gemacht. Oder Ried wusste mehr, als er sagte, oder er folgte einer Ahnung, die er sich nicht eingestehen wollte.

Nein, dachte Süden wieder und hatte keine Erklärung für seine Zuversicht, dieser Mann habe seinen Weg noch nicht beendet, er sei noch unterwegs.

Wäre er bei der Kripo, seine Kollegen hätten ihm kopfschüttelnd auf die Schulter geklopft und zu seiner erfrischenden jugendlichen Naivität gratuliert. Er sah sie vor sich wie auf einer Kinoleinwand – Funkel, Thon, Weber, die ehemaligen Kollegen. Und sein Freund und Kollege Martin würde ihm eintrichtern, dass ein Mann, der sein Zimmer penibel aufräumte und sämtliche persönliche Spuren beseitigte, der sich zunehmend in sich zurückzog und seine Gewohnheiten vernachlässigte, der nachweislich unter einer Krankheit litt, die er nicht behandeln ließ, und der ohne jegliche Botschaft bei Nacht und Nebel seinen gewohnten Lebenskreis verließ – dass so ein Mann nicht den Plan verfolgte, nach Jahrzehnten eingespielter Gleichförmigkeit endlich ungestört die hohe Kunst des Paraglidings zu erlernen. Sondern dass dieser Mann genau wusste, von welchem Punkt aus er die Erde für immer zu verlassen gedenke.

Nach zwölf Jahren auf der Vermisstenstelle hätte Süden kein Argument dagegen gefunden.

Jetzt war er hier, und seine ehemaligen Kollegen kamen ihm wie Boten aus einer versunkenen Zeit vor. Wahrscheinlich hatten sie Recht. Wie Josef Ried nach Worten suchte, wie er die Umstände schilderte, mit welch zittrigem Unterton er von seinem verehrten Freund erzählte – alles klang in Südens stimmenerprobten Ohren nach den verhuschten Echos eines lang angekündigten Abschieds.

Und wenn es so war? Was dann?

Süden sah sich um und breitete die Arme aus, wie jemand, der um Aufmerksamkeit bat. Hatte er nicht sein eigenes Verschwinden in aller Stille vorbereitet? Hatte er nicht seine Wohnung geputzt, das Bad gescheuert, die Fenster gereinigt, den Müll entsorgt? Hatte er beim gemeinsamen Trinken mit Edith Liebergesell ein Wort darüber verloren? Hatte er ihr eine Nachricht hinterlassen? Hatte er gegenüber der Wirtin im Café Xeng, wo er fast jeden Abend allein am Fenster stand und den vorüberfahrenden Straßenbahnen hinterhersah, eine versteckte Bemerkung fallenlassen? Nichts davon, nirgendwo.

Den Entschluss hatte er für sich allein gefasst, in einer Nacht ohne Alkohol, nach einem Tag, an dem er stundenlang durch die Stadt gelaufen war, ziellos,

unverdrossen und im Bewusstsein, jeder Schritt be-
freie ihn von der Schwerkraft seiner Vergangenheit.
Nach knapp vier Wochen hatte er seine Vorberei-
tungen beendet. Worte waren nicht mehr nötig. Immerhin hatte er, anders als der Schriftsteller, seinem
Vermieter noch auf Wiedersehen gesagt, allerdings
nur, weil dieser die Wohnung inspiziert und dabei ein
Gespräch angezettelt hatte. Am Morgen des entscheidenden Tages, heute gegen sechs Uhr dreißig, war er
aufgestanden. Er hatte geduscht und anschließend
das Bad noch einmal geputzt. Das Handtuch, das er
benutzt hatte, war alt und rau und landete wie die anderen nutzlos gewordenen Sachen im Müllcontainer.
Dann noch ein Anruf mit dem geliehenen Handy,
eine Fahrt im Taxi, der Gang durch die Bahnhofshalle
zu den Gleisen. Und dann?

Und dann?

Süden ließ die Arme sinken. Und dann hatte er
sich nicht mehr von der Stelle bewegt. Hatte auf die
Abfahrtszeiten und Orte an der Anzeigetafel gestarrt
und seinen Erinnerungen freien Lauf gelassen. Sein
Kopf war voll davon. Er wollte das nicht. Eine Minute
lang, zwei Minuten, eine Stunde, zwei Stunden. Bis er
die Zeit vergaß und alle Eile aus ihm gewichen war.
Eigentlich ein Wunder, dachte er jetzt, dass er von
niemandem kontrolliert worden war, vom Sicher-
heitsdienst, von der Bundespolizei.

Und dann?

Süden trat näher an den Schrank heran.

Dann war, wie aus dem Nichts eines längst abge-

schriebenen Tages, seine ehemalige Chefin aufgetaucht.

Und dann?

Es war seine Entscheidung gewesen. Sie hatte ihn
nicht gezwungen. Er hätte Nein sagen können. Sie
hätte es akzeptiert. Er hatte Ja gesagt. Unbedingt,
hatte er gesagt.

Behutsam hielt er die eine Hand unter den Hem-
denstapel und zog mit der anderen den Kasten heraus. Er ging zum Tisch und platzierte die Schatulle
mit dem aufklappbaren Deckel unter dem Schein
der Stehlampe. Helles Holz voller Kratzer, der schiefe
Deckel hing lose in den Scharnieren. Er warf seine
Lederjacke auf den Holzstuhl, zog den Regiestuhl zu
sich her und setzte sich.

Zunächst schnupperte er am Holz. Ein Gemisch aus
Politur und ungelüfteten Kleidungsstücken und noch
etwas anderem. Er hob den Deckel an. Hineingepresst
war ein Packen weißer Blätter, an der linken Seite mit
einer Spiralbindung versehen. Auf dem obersten Blatt
standen die Namen zweier Personen, einer Frau und
eines Mannes.

Angela Capelli und Georg Ulrich.

Süden hob den Stapel mit beiden Händen an und
legte ihn auf den Tisch. Der Name Georg Ulrich stand
in Großbuchstaben und fett gedruckt auf der ersten
Seite und prangte genau in der Mitte. Süden schlug
die Seite um. Auf der zweiten las er: »Biografie des
Schriftstellers Cornelius Vinzenz Hallig alias Georg
Ulrich«. Insgesamt, stellte Süden anhand der Num-

merierung fest, waren es zweihundertdreiundfünfzig Seiten mit jeweils etwa dreißig Zeilen auf einer Seite, oft weniger, und dazwischen viele Leerzeilen. Jedes Kapitel begann auf einer neuen Seite.

Als er den Kasten mit einem Ruck an den Tischrand schob, klackte etwas im Innern. Er beugte sich über die Öffnung und entdeckte einen etwa zehn Zentimeter langen, gedrechselten Messingdraht mit einem Ring am einen Ende und einer kleinen Bürste am anderen. Er nahm das Ding in die Hand.

Das kleine Teil, das der Besitzer beim Ausmisten seiner Sachen offensichtlich übersehen hatte, war eine Spiraldrahtbürste. In seiner Zeit bei der Kripo hatte Süden gelegentlich eine ähnliche Bürste benutzt. Er brauchte sie zum Reinigen seiner Heckler & Koch.

Was er jetzt noch intensiver roch als vorher, war Waffenöl.

Allem Anschein nach trug Cornelius Hallig nicht nur das Geheimnis seines rätselhaften Verschwindens mit sich herum.

5

Er wachte auf Seite einhundertachtundneunzig auf und erkannte das Zimmer nicht wieder. Im ersten Moment glaubte er, er habe in seiner eigenen Wohnung den Aufbruch verschlafen. Erleichtert bemerkte er den runden Metallfuß der Stehlampe, neben dem er lag. Unter dem braunen Schirm brannte noch immer die Lampe, eine alte 40-Watt-Glühbirne. Der matte Schein blendete ihn fast.

Eine Weile schloss Süden wieder die Augen. Er sog den Geruch des Papiers unter seiner Wange ein. An die letzten Sätze, die er gelesen hatte, erinnerte er sich nicht mehr, nur noch an die Kapitelüberschrift: »Jemand spielt Klavier«. Aber wer?, fragte Süden sich verschlafen und schlug die Augen auf.

Durch das gekippte Fenster drang das Scheppern eines Lastwagens herein. Vermutlich überquerte er vor der Brücke die Trambahnschienen und bog in die Straße ein, die parallel zur Isar verlief. Nach einigen Sekunden war das Geräusch verklungen. In die Stille mischte sich in weiter Entfernung das Martinshorn eines Streifenwagens. Trübe Helligkeit füllte das Fenster hinter der Gardine aus.

Mit einem unterdrückten Stöhnen wuchtete Süden

seinen Körper in die Höhe. Er hatte Schmerzen im Nacken und am Rücken, und wenn er den Kopf bewegte, verspürte er einen leichten Schwindel. Sooft er auch schluckte, sein Mund blieb staubtrocken.

Krampfhaft versuchte er zu rekonstruieren, wann er vom Stuhl aufgestanden und sich auf den Boden gelegt hatte, um dort weiterzulesen. Die Zeitspanne war wie ausgelöscht. Wie viele Biere hatte er getrunken? Er war sich sicher, noch nicht betrunken gewesen zu sein, als er mit dem Hotelier nach oben ging. Sie hatten reichlich gegessen. Josef Ried hatte von seinem Dauergast erzählt, ab und zu brachte ihnen der Barkeeper ein frisches Bier, keinen Schnaps. Oder doch? Wie hätte er in vernebeltem Zustand fast das gesamte Manuskript lesen können? In einem geheimen Winkel seines Kopfes hockte ein umtriebiger Specht. Süden drückte die Hände an die Schläfen, rätselnd, wie er es schaffen sollte, sich zu bücken und die Blätter aufzuheben.

Dann fiel sein Blick auf den niedrigen schwarzen Kasten neben dem Kleiderschrank. Zwischen den beiden Außenwänden standen vier braune Flaschen. Süden nahm die Hände herunter und machte einen Schritt darauf zu. Im Augenblick seiner peinlichen Erkenntnis endete das Pochen in seinem Kopf.

In einer Lesepause war er zu der freistehenden Minibar gegangen und hatte sie geöffnet. Darin befanden sich nichts als fünf Flaschen helles Bier und, diagonal in die Ecken geklemmt, eine kleine Flasche Champagner. Der Öffner für die Kronkorken lag im

Türregal. Auch in den folgenden drei Unterbrechungen hatte Süden sich am Vorrat des Schriftstellers bedient.

Als bräuchte er einen zusätzlichen Beweis für seinen Gedächtnisverlust, beugte er sich nach unten, hob die erste Flasche auf und hielt sie sich vor die Augen. Ein Glasgefäß so leer wie die anderen drei. Unfassbar, dachte er. Er stellte die Flasche wieder hin, wischte sich mit dem Handrücken über die Stirn und bemerkte das heller gewordene Rechteck hinter der Gardine.

Mit beiden Händen raffte er die Blätter zusammen. Während er sie auf den Stapel zu den anderen legte, überflog er die oberste Seite. Nichts von dem, was da stand, schien er schon einmal gelesen zu haben.

Nachdem er das Manuskript zurück in die Schatulle zur Reinigungsbürste gelegt hatte, balancierte er sie auf den Händen und drückte mit dem Schuh – die Schuhe, stellte er fest, hatte er über Nacht anbehalten – auf den Einschaltknopf der Stehlampe. Schlagartig verblassten die Gegenstände des Zimmers im von der Gardine geraspelten, mickrigen Morgenlicht.

Draußen setzten die Geräusche des Tages ein. Die Straßenbahnen klingelten, Automotoren heulten an den Ampeln auf, die ersten Fahrer testeten ihre Hupen. Für einige Augenblicke verweilte Süden reglos. Er nahm sich vor, die Minibar aufzufüllen.

Kurz darauf stand er im Bad seines Zimmers unter der kalten Dusche und schluckte so viel Wasser, wie er konnte. Der winzige Digitalwecker auf dem Nachtkästchen zeigte sechs Uhr fünfundzwanzig.

Da war Bruna Glock, eine zweiundsechzigjährige Hotelangestellte, bereits am Werkeln. In den guten Zeiten des Hauses fungierte sie als zweite Köchin, seit einigen Jahren war sie nur noch für Zubereitung und Service beim Frühstück zuständig, den Rest erledigte Arnim. Obwohl sie zwei Mal in der Woche nachmittags und abends zusätzlich in der Kantine des Harlachinger Krankenhauses aushalf, hielt sie ihrem alten Chef die Treue.

Sie redete wenig, auch mit den Gästen. Jeder schätzte ihre Zuverlässigkeit und Hilfsbereitschaft. Wäre es nach ihr gegangen, hätte sie weiterhin jeden Abend zwei, drei spezielle Gerichte gekocht, am liebsten aus ihrem Geburtsland Brasilien. Für welche Gäste, hatte sie ihr Chef gefragt. Er hatte ihr eine Abfindung angeboten, die sie beleidigt zurückwies. Solange das Prinz Ludwig existierte, lautete ihre Devise, wollte sie ein Teil davon sein, ein Mitglied von Rieds Familie. Vielleicht, weil sie seit jeher allein lebte, nie verheiratet war und keine Kinder hatte. Vielleicht, weil sie am Anfang ihrer Hoteltätigkeit in Josef Ried den Mann ihres Lebens zu erkennen glaubte und vierundzwanzig Stunden für ihn gearbeitet und ihm ewige Treue geschworen hätte. Vielleicht, weil sie, als ihr klar wurde, dass Ried Männer bevorzugte, ihn auf ihre leise, unaufdringliche Weise einfach weiter geliebt hatte, bis heute.

»Sie müssen was essen«, sagte sie zu Süden. »Nur Kaffee macht Ihren Magen mürrisch.«

Süden schob den zweiten Stuhl an seinem Tisch ein

Stück nach außen. »Bitte setzen Sie sich einen Moment.«

»Keine Zeit. Das Frühstücksgeschirr der beiden Herren steht noch da, und ich muss das Buffet abräumen und sauber machen in der Küche. Es tut mir leid, Herr ...«

»Sie dürfen sich setzen, Ihr Chef hat's Ihnen erlaubt.«

Sie sah ihn mit einer Art von Verachtung an, die ihn amüsierte. Ihr Mund verformte sich zu einer ruppigen Schnute. Auf ihrer Stirn unter dem weißen Kopftuch kündeten Furchen von einem nahenden Ausbruch des ganzen Körpers. Das runde Tablett mit den Marmeladenschälchen, die sie vom Ecktisch, der als Buffet diente, abgeräumt hatte, zitterte in ihren Händen.

Aus Höflichkeit, aber auch, weil er eine Tätlichkeit der offensichtlich äußerst angespannten und ein wenig übermüdeten Frau im Keim ersticken wollte, erhob sich Süden und griff ebenfalls nach dem Tablett.

Er nannte seinen Namen und den Grund seines Aufenthalts. Zuerst sah sie nur auf seine Finger und die beiden Daumen, die etwas festhielten, was ihr gehörte. Dann hob sie ihren Blick bis zur Halskette mit dem blauen Stein und schließlich bis zu seinem unrasierten Kinn. Seinen Augen traute sie nicht.

Süden schwieg und sah an ihr vorbei in den Flur, wo eine zweite Frau erschienen war, jünger als die andere, in einer altmodisch wirkenden gepunkteten Kittelschürze, ebenfalls mit Kopftuch, einem grünen, und, wenn er sich nicht täuschte, einem ebenso von Erschöpfung gezeichneten Gesichtsausdruck. Ihrer Kleidung nach zu urteilen, hielt sie sich schon eine Zeitlang im Haus auf. Kurz nach acht hatte Süden sich in die Bar gesetzt, wo für das Frühstück gedeckt war, und seither niemanden von draußen hereinkommen hören. Vom Besitzer kannte er die Namen der Angestellten und deren Aufgaben. Die Chance, zwei seiner vorgesehenen Gesprächspartnerinnen an einen Tisch zu bekommen, wollte er sofort nutzen.

»Guten Morgen, Frau Wels«, sagte er über die Schulter der Frau vor ihm hinweg. Vor Schreck hätte Bruna Glock beinah das Tablett gekippt. Süden zog es zu sich her, und sie ließ los. »Setzen Sie sich zu uns. Ich bringe noch schnell das Tablett in die Küche.«

»Das dürfen Sie nicht …«

Als er zurückkam, stand die Köchin immer noch da, mit herunterhängenden Armen und verzurrter Miene. Auch der Anblick ihrer Kollegin heiterte sie nicht auf. Vom Nebentisch holte Süden einen weiteren Stuhl. Er setzte sich. Als Inka Wels Platz nahm, warf die Ältere Süden noch einen tadelnden Blick zu, bevor sie sich widerwillig niederließ, am Tischeck, wie bereit zur schnellen Flucht.

»Sie beide«, begann Süden, »kennen Linus Hallig so gut wie Ihr Chef. Sagen Sie mir, Frau Wels, wohin er gegangen sein könnte.«

»Sein Name ist Cornelius Hallig.« Ginge es nach Bruna Glock, wäre das Gespräch damit beendet gewesen.

»Danke.« Süden schob den Blätterstapel mit den zwei Namen auf der Titelseite über den Tisch, näher zu der jüngeren Frau. Er schätzte sie auf Mitte dreißig. Aus den abgeschnittenen Ärmeln ihres Kittels ragten Arme mit bleicher Haut über hervortretenden Adern. Ihre Fingernägel waren unregelmäßig geschnitten, ihr schmales Gesicht ungeschminkt. So überarbeitet und müde sie auf den ersten Blick wirken mochte, das leuchtend grüne Kopftuch und der nach frischer Wäsche duftende und mit unzähligen Farbtupfern gesprenkelte Kittel verliehen ihr gleichzeitig eine eigentümliche Verspieltheit. Wenn sie ihren Blick auf Süden richtete, schienen ihre wachen, blaugrünen Augen dem geschundenen Körper eine vergessene Lebendigkeit abzutrotzen.

»Sie haben diesen Stapel Papier schon einmal gesehen«, sagte Süden.

»Nein.«

»Sie wissen, was das ist.«

Inka Wels sah ihn an, sagte aber nichts.

»Ein Manuskript.«

Für Bruna Glock, wie Süden sofort klar war, eine Steilvorlage. »Sie müssen uns nicht für dumm verkaufen«, sagte sie mit gepresster Stimme.

Er nahm ihr nichts übel. Sie schützte ihr Heim, ihre Familie vor einem Fremden, einem Eindringling. Woher nahm er das Recht, Antworten von ihr zu erwarten, vor deren Fragen sie seit Tagen verzweifelte?

Zu viele Jahre auf der Vermisstenstelle der Kripo hatten ihn in eine Art Gedankenleser verwandelt. Was in Bruna Glock vorging, war nicht schwer zu erraten. Niemand aus ihrem engsten Umfeld hatte ihr bisher auch nur den Ansatz einer Erklärung für das absurde Verschwinden ihres Stammgastes liefern können. Gemartert von Selbstvorwürfen, fragte sie sich, wie es sein konnte, dass ein vertrauter Mensch einen geheimen Plan hegte, ohne Spuren zu hinterlassen oder dabei erwischt zu werden. Was immer sie übersehen oder überhört haben mochte, niemand außer ihr selbst oder ihrem Chef durfte sie aushorchen oder an den Pranger stellen oder ihr eine Mitschuld an der Katastrophe geben. Denn um nichts anderes handelte es sich ihrer Meinung nach – um das schlimmstmögliche Versagen ihrer Familie.

Auf ihre spezielle Rolle würde Süden noch zurückkommen. Vorher benötigte er Klarheit über das Verhalten des Zimmermädchens. »Sie hatten das Manuskript noch nie in der Hand«, sagte er zu Inka Wels.

»Nein.«

»Sicher?«

»Ja.«

»Sie reinigen Halligs Zimmer jeden Tag.« Bevor er Gegenwind bekam, wandte er sich an die Köchin am Tischeck. »*Herr* Hallig, ich weiß. Auch Sie haben dieses Manuskript nie gelesen.«

»Ist das eine Frage?«

»Ja.«

»Nein.«

»Gesehen haben Sie es bis heute auch nicht.«

»Nein.«

Ein Ruck in seine Vergangenheit als Vermissten-fahnder, eine Furchtattacke beim Gedanken an den Verschwundenen, eine Idee aus Übermut – ohne Ankündigung beugte Süden sich über den Tisch, griff nach den rechten Handgelenken der beiden Frauen und legte ihre Hände flach auf den Stapel. »Seien Sie ehrlich zu mir: Sie sind mit diesen Papieren bis zu dieser Sekunde nie in Berührung gekommen?«

Kaum hatte Bruna Glock sich von der Überrumpe-lungsaktion erholt, ballte sie die Faust und ruckte mit dem Arm. »Das ist Körperverletzung, Sie ...« Mehr fiel ihr nicht ein.

»Beantworten Sie meine Frage.« Er sah dem Zim-mermädchen in die Augen, die größer wirkten als vorhin, eindringlicher.

Sie schüttelte den Kopf. Er wartete ab. »Nein«, sagte sie. »Nein. Nein.«

»Frau Glock.«

Dass er ihren Namen aussprach, wurmte sie noch mehr. Wie ausgespuckte Kerne spritzten die Worte aus ihrem schmallippigen Mund. »Das kenn ich nicht. Was ist das? Wo haben Sie das her? Das gehört Ih-nen nicht. Haben Sie das aus dem Zimmer von Herrn Hallig entwendet? Besser, ich ruf jetzt den Chef an.«

Von ihrer Kollegin erntete sie nur Kopfschütteln. »Sei nicht so biestig, Bruna. Der Mann will uns hel-fen. Er tut dir doch nichts.«

»Doch«, sagte Bruna Glock trotzig.

Süden ließ die beiden los. Die Köchin zog ihre Hand sofort zurück und ballte weiter die Faust, während das Zimmermädchen über das oberste Blatt des Stapels strich, bis sie das Schweigen bemerkte. Mit einem scheuen Lächeln verschränkte sie die Arme und blickte in die Runde.

Süden schwieg, sortierte seine Gedanken. Die Köchin sagte nichts, weil sie beschlossen hatte, nichts mehr zu sagen.

»Frau Wels«, sagte Süden. »Sie haben Herrn Hallig am vergangenen Sonntag zum letzten Mal gesehen.«

Sie musste überlegen. Das dauerte fast eine Minute. »Ich glaub nicht, nein, am Samstag hab ich ihn gesehen. Oder, Bruna?«

Die Köchin ließ sich zu einem winzigen Nicken herab.

»Und Sie haben mit ihm gesprochen, wie gewöhnlich.«

Wieder reagierte Inka Wels verzögert. »Wir haben uns gegrüßt, er sah arg blass aus, und ich hab ihn gefragt, ob die Hitze ihm zu schaffen macht, aber er meinte, alles sei okay mit ihm.«

»Erzählen Sie weiter, bitte.« Ihm entging das leise, nervige Scheuern des Rocks auf dem Sitzpolster des Nebenstuhls nicht. Er horchte in die andere Richtung.

»Wir haben uns immer ein wenig unterhalten«, sagte Inka Wels. Aus einem Grund, den Süden nicht durchschaute, schloss sie für Sekunden die Augen. »Was man halt so redet, wenn man sich lang kennt. Wir kennen uns ewig, stimmt's Bruna? Hab noch seine Mama erlebt, die alte Dame in ihrem Zimmer. Bescheidene Menschen, die zwei, und ordentlich, und sie hat mir immer Geld extra gegeben, obwohl ich's nicht annehmen wollt. Hab den Josef gefragt, und er hat gesagt, es ist in Ordnung. Am Schluss war sie sehr krank. Aber sie war nicht im Krankenhaus, das wollt sie nicht, und wir wollten's auch nicht. Oder?«

Ihr Blick verkümmerte auf der kurzen Distanz zu ihrer Kollegin.

Mit ihrer maskenhaften Mimik demonstrierte Bruna Glock vollkommene Abwesenheit und absolutes Unverständnis. Vermutlich kam ihr jedes gesprochene Wort wie der Verrat eines Familiengeheimnisses vor, wie das Ausplaudern geheiligter Intimitäten in der Gegenwart eines profanen, unerwünschten Halunken. Ihre rechte Hand wurde von der Tischkante verborgen, aber Süden war überzeugt, sie hatte sie genauso krampfhaft zur Faust geballt wie die andere.

»Und der Sohn der alten Dame blieb bis zum Ende bei ihr«, sagte Süden.

»Ja. Er war immer da, ging raus mit ihr zum Essen oder bloß so an die Isar. Linus hat für sie gesorgt, und er hat sich nie beklagt. Auch, als er noch viel geschrieben hat, ließ er seine Mutter nicht links liegen.«

»Was weißt du davon?«, presste Bruna Glock hervor.

»Die Rose war auch meine Freundin, du bist gemein.«

»Rosemarie. Sie wollte Rosemarie genannt werden.«

»Was redst du denn? Jeder nannte sie Rose, du

auch. Wieso gehst du nicht wieder in die Küche und erledigst deine Arbeit?«

»Wer sitzt denn faul hier um? Und wenn du sonst nichts zu tun hast, gieß die Blumen an den Fenstern.«

»Sie sind beide wegen mir hier«, sagte Süden. »Und Sie bleiben, bis ich Sie gehen lasse.«

Ein Zischen wie das von Bruna Glock hatte Süden lange nicht gehört. Es klang wie ein Fauchen. »Das haben Sie nicht zu bestimmen, Sie ganz sicher nicht. Sie behaupten, Sie wurden bestellt, um nach Herrn Hallig zu suchen, und was tun Sie stattdessen? Schnüffeln in seinen Sachen rum, stellen unanständige Fragen, halten uns von der Arbeit ab. Dafür werden Sie bezahlt? Kann ich mir nicht vorstellen.«

»Dann stellen Sie sich etwas anderes vor.« Süden stemmte die Hände auf die Oberschenkel und streckte den Rücken. Unwillkürlich ruckte die Köchin mit dem Kopf. »Wäre Herr Hallig Ihr Ehemann oder Ihr Lebenspartner und von einem Tag auf den anderen verschwunden, was würden Sie tun? Welche Maßnahmen würden Sie als Erstes ergreifen?«

Erwartungsvoll rückte Inka Wels mit dem Stuhl, um ihrer Kollegin besser ins Gesicht sehen zu können. Aus den Augenwinkeln bemerkte Süden, wie das Zimmermädchen sich auf die Lippen biss und ihm dabei verhuschte Blicke zuwarf. Seiner Einschätzung nach war sie nicht nur auf Brunas Erklärungen gespannt. Anscheinend fiel auch eine gewisse Anspannung von ihr ab, weil sie von ihrer Rolle als Zeugin, in der sie sich unwohl fühlte, vorübergehend entbunden war. Nichts anderes bezweckte er mit seinem abrupten Aufmerksamkeitswechsel.

»Was soll ich da sagen?«, fragte die Köchin. »Ich war nie verheiratet.« Offensichtlich klang diese Erwiderung in ihren Ohren dann doch zu läppisch, und sie fügte hinzu: »Natürlich würde ich alles tun, was ich kann. Ich würde nach ihm suchen, überall, und dann würde ich bei Freunden anrufen, und wenn gar nichts hilft, die Polizei einschalten. Was genau meinen Sie eigentlich?«

Süden sagte: »Sie würden sein Zimmer durchsuchen, seine Sachen, Sie sind verzweifelt, alles, was Ihnen in die Finger fällt, könnte ein Zeichen sein, ein Hinweis auf seinen Verbleib.«

Ihr starrer Blick ruhte auf dem Tisch. Verwirrt schüttelte sie mehrmals den Kopf.

Süden schwieg.

»Wieso sagen Sie nichts mehr?« Bruna Glock erhielt keine Antwort. Sie sah ihn an, dann ihre Nachbarin, dann wieder den Mann. Daraufhin lehnte sie sich zurück und schlug, wie ergeben, die Fäuste gegeneinander. »Was wollen Sie von mir? Ich weiß nicht, wo er ist. Niemand weiß das. Niemand sagt was. Josef behauptet, er habe keine Ahnung. Ist das so?« Sie drehte den Kopf zu Inka, schaute aber an ihr vorbei. »Und ich? Ich sitz da wie eine Idiotin. Was geht da vor? Ich arbeite hier seit … seit ich jung war … Nichts, was in dem Haus vor sich geht, bleibt mir verborgen. Nicht, weil ich neugierig wäre, das bin ich nicht, ich bin aufmerksam, ich pass auf, dass die Dinge gut laufen, das ist mein Job, deswegen bin ich hier. Linus' Mutter kannte ich besser als jeder andere, und mit Linus habe ich schon Bier getrunken, da warst du noch lang nicht bei uns, Inka. Ich habe das getan, Josef mag Bier nicht besonderes, und Linus trinkt nichts anderes, außer Schnaps. Das ist nicht schön. Wenn er Schnaps trinkt, versinkt er immer so. Das ist jetzt nicht wichtig.

Sie haben mich gefragt, was ich tun würde, wenn mein Mann verschwunden wäre, oder jemand Ähnliches. Ja, ich würde meine Wohnung auf den Kopf stellen, was denn sonst? Ich würde die Person finden, das weiß ich. Bei mir verschwindet niemand einfach so.

Und ich verstehe nicht, was passiert ist. Dass Linus weggehen musste und nicht wiederkommt. Niemand kann mir das erklären. Am Freitag habe ich noch mit ihm gesprochen, er saß hier in der Bar, da an seinem Tisch, trank ein Bier, keinen Obstler, und blätterte in einem Buch. Ich weiß nicht, in welchem, ich habe ihn nicht gefragt, und heimlich hingesehen habe ich nicht. Aber wir haben uns unterhalten, nicht lang, so wie immer.

Ich sah ihn da sitzen, bin hin, und er bot mir einen Stuhl an. Ich habe mich nach seiner Gesundheit erkundigt. Wie Sie wahrscheinlich wissen, leidet er unter einem entzündeten Bein, er hustet oft, und ich mache mir Sorgen. Zu einem Arzt geht er nicht. An dem Nachmittag, am Freitag, sagte er zu mir, dass er übers Wochenende lesen und sich ein paar Notizen machen wolle. Das hat mich mächtig gefreut. Dass er wieder was schreiben will, verstehen Sie das?

Seit ungefähr zwei oder drei Jahren hat er keine Zeile mehr zu Papier gebracht, und er ist doch Schriftsteller! Ist mir klar, es gibt Phasen, in denen die Dinge schwerer sind als sonst, das kenne ich auch. Ich bin gelernte Köchin, wenn ich nicht kochen kann, gehe ich ein. Aber manchmal geht es eben nicht. Das kann viele Gründe haben, äußere und innere, ist mir alles vertraut. Und wenn ich nicht in einem Lokal oder einem Hotel kochen kann, weil mir niemand einen Job gibt oder keine Gäste kommen oder weil das, was ich koche, nicht gewünscht ist, dann koche ich eben zu Hause für mich allein.

Ich habe eine Hingabe beim Kochen, so wie er eine Hingabe beim Schreiben hat. Man muss doch schreiben, wenn man Schreiber ist. Das muss man, sonst geht man ein und verkümmert und vertrocknet und kommt auf schlimme Gedanken. Aber er?

Ich bin der einzige Mensch, der ihn nach solchen Dingen fragt. Man muss fragen. Man muss Menschen, die einem nah sind, in das Leben mit einbeziehen, man darf sie nicht machen lassen, dann verirren sie sich.

Solange seine Mutter noch lebte, war sie eine Stütze, sein Mittelpunkt, ihr vertraute er, mit ihr unterhielt er sich über Dinge, über die er mit uns nie gesprochen hätte. Und das ist richtig so. Da war doch sonst niemand. Kein Mensch, kein Mann, kein Hund. Er war allein, so hatte er sich entschieden, und so führte er sein Leben. Aber da war immer noch die Rose, seine Mutter, und sie gingen zusammen aus, und sie las seine Bücher und schaute sich die Verfilmungen im Fernsehen an. Sie war da für ihn.

Dann ist sie gestorben, und er war immer noch da. Drüben das Zimmer war leer. Heute erinnert nichts mehr an sie, ihr Besitz ist verschwunden, nach ihrem Willen. Ich glaube, Linus hat nicht das Geringste von ihr aufbewahrt, kein Ding, nichts. Alles wanderte zum Sperrmüll oder in die Altkleidersammlung, nichts sollte an sie erinnern im Zimmer 42, wo sie gelebt hat wie in einer eigenen Wohnung.

An diesem Freitag, an diesem besonderen Nachmittag, vertraute er mir an, was er vorhatte, und das erfreute mich so sehr, dass ich ihm beinah einen Kuss auf die Wange gedrückt hätte. Konnte mich grade noch beherrschen. Am Wochenende wollte er wieder etwas schreiben, vielleicht nur ein paar Sätze, doch wenn Sie sein Gesicht gesehen hätten, hätten Sie begriffen, welch große Entscheidung diese Ankündigung für ihn bedeutete. Er hatte sich entschieden, er wollte etwas tun. Er kehrte, wenn ich das sagen darf, zu seinen Wurzeln zurück, zu dem, was ihn berühmt gemacht hat, zu seinem Werk, zu seinem Leben als Schriftsteller.

Sein Bier trank er bedächtig, das habe ich beobachtet, er kippte es nicht runter, wie so oft, wenn er schnell wieder wegwollte, zurück ins Zimmer, um da noch zwei, drei Flaschen zu leeren, wir wissen Bescheid. Nein, am Freitag hat er das Bier genossen, und das Dasitzen und das Reden. Das war, weil er wieder schreiben würde, daran gibt es keinen Zweifel. Wer das nicht glaubt, hat unseren Linus nie verstanden.

Das ist es, was ich Ihnen sagen wollte: dass unser Linus nicht verschwunden sein kann. Das passt nicht zusammen, das wäre unlogisch. Er geht vielleicht spazieren und denkt nach und sortiert seine Sätze im Kopf. Schriftsteller machen so was. Zwischendurch ruht er aus, übernachtet in einer billigen Pension. Er will uns nicht zur Last fallen, das liegt doch auf der Hand, er braucht den Abstand zu uns, um ganz bei sich zu sein. Und das wissen auch alle hier im Haus, und mich lügen sie an. Du auch, Inka, und das ist ziemlich hinterhältig von dir. Aber ich habe euch durchschaut.

Jetzt muss ich in die Küche, die Pflicht ruft. Herr Hallig kommt wieder. Das Geld, das Josef für Sie ausgibt, damit Sie so tun, als würden Sie ihn suchen, hätte er sich sparen können.«

Ihren letzten Worten, die sie schon im Stehen gesprochen hatte, schickte sie noch eine wegwischende Handbewegung hinterher. Ohne Inkas erstaunten Blick zu erwidern, machte sie kehrt und ging, begleitet vom Schmatzen ihrer nackten Sohlen in den Birkenstockschlappen, in die Küche und warf die Tür hinter sich zu.

»Hui.« Mit einer Hand fächelte sich das Zimmermädchen Luft zu. »So hab ich sie noch nie erlebt. Sie haben sie schön aus der Reserve gelockt. Normalerweise redet sie nur das Nötigste.«

»So wie Sie«, sagte Süden. Er sah, wie sie die Schultern hängen ließ und nicht einmal das Türkis ihrer Augen das sandsteinfarbene Gesicht aufzuhellen vermochte. »Linus hat den gesamten persönlichen Besitz von Rosemarie Hallig vernichtet, und Sie alle haben ihm dabei geholfen.«

»Das war Roses Wunsch.«

»Nichts blieb übrig.«

»Nein.«

»Nicht einmal ein Kamelhaarmantel.«

Ein verborgenes, hübsches Rosa zierte ihre schmalen Wangen. Süden wartete. »Bruna hat Recht gehabt, Sie haben rumgeschnüffelt.«

»Ich habe in seinem Zimmer übernachtet.«

Darauf fiel ihr nichts ein.

»Ich habe auf dem Boden geschlafen und seine Biografie gelesen.«

In ihrem Kopf herrschte plötzlich ein Verhau, sie kramte nach Worten und fand kein einziges.

»Wenn Sie etwas wissen, sagen Sie es mir. Sie wissen, dass seit dem Tod der Mutter der wertvolle Mantel im Schrank hängt. Sie wissen, dass eine Frau namens Capelli eine Biografie über Linus geschrieben hat. Sie wissen, was drinsteht.«

»Nein.«

Süden schwieg.

In der Küche klapperte Geschirr, und das wiederholte sich in regelmäßigen Abständen.

Ihre Aufmerksamkeit galt dem Papierstapel. »Was da steht«, sagte Inka Wels, »weiß niemand, nicht einmal er selber. Ich glaub, mehr als fünf Seiten hat er nicht gelesen. Er hat gesagt, er schafft das nicht. Die Frau ist aus dem Verlag, wo er viele Bücher veröffentlicht hat, früher. Mich hat sie auch interviewt, die Bruna, den Josef, den Armin, den Henry, die Evelin, unsere Rezeptionistin, die hat heut frei. Alle möglichen Leute hat sie ausgefragt, auch Kollegen von Linus, Schriftsteller. Dann hat sie das alles geschrieben und Linus gegeben. Er sollte seine Meinung dazu sagen. Hat er nicht gemacht.«

»Wann hat sie ihm das Manuskript gegeben?«

»Vor einem Monat, schätz ich.«

»Sie haben sich im Hotel getroffen.«

»Nein, irgendwo in der Stadt. Linus hat nicht gewollt, dass sie herkommt. Ja, stimmt, der Mantel hängt im Schrank, weiß ich natürlich, ich bin für sein Zimmer zuständig. Er hat mich gebeten, niemandem davon zu erzählen. Aber ich schwör, ich hab nichts von dem da gelesen, das würd ich nie tun.«

»Er hat Sie nicht gebeten, einen Blick reinzuwerfen.«

»Er hat doch selber kaum reingeschaut.«

»Sie sagten, Sie haben am Samstag mit ihm gesprochen.«

»Geplauder, nichts Besonderes.«

Süden schwieg.

»Was meinen Sie? Worüber sollten wir denn sonst gesprochen haben?«

»Über seinen Plan, etwas Neues zu schreiben.«

Alles Rosa verschwand aus ihrem Gesicht. Ein fremdes Alter schien sie in seinen Klauen zu halten,

so gekrümmt und wehrlos, wie sie dasaß, so zerbrech-
lich und ratlos, wie sie wirkte. Ihr grünes Kopftuch
hätte ein Relikt aus ihrer bunten Jugendzeit sein können. »Davon weiß ich gar nichts«, sagte sie mit dün-
ner Stimme. »Ich müsst jetzt noch ein Zimmer fertig
machen und die Blumen gießen und schauen, was
noch zu tun ist.«

»Und dann sollten Sie nach Hause gehen und sich
ausruhen.«

Noch einmal strich sie über das Papier. Noch einmal fuhr sie mit dem Zeigefinger unter dem Namen
der Hauptfigur entlang.

Allem Anschein nach, dachte Süden, war er bisher
der Einzige, der die Lebensgeschichte des verschwundenen Mannes kannte, zumindest aus der Sicht der
Biografin. Trotzdem glich Hallig nach wie vor einem
Phantom.

An diesem Morgen jedoch, nach den Gesprächen
mit den Frauen, glaubte Süden eine Spur entdeckt
zu haben, die ihn in die Nähe des Phantoms führen
könnte.

Ein maßloser Schrecken überwältigte ihn. Jemand
musste ihn verschleppt haben. Wie sonst wäre er in
dieses steinerne gottverlassene Loch geraten?

6

Im schimmligen Licht, das durch die vergitterten Fenster in das Steingehäuse fiel, sah die Wunde wie ein schwarzer Riss in einem Gipsabdruck aus. Hallig brauchte eine Weile, bis er begriff, dass es seine Hand war, die er sich vor die Augen hielt, eine im Halbdunkel bleich schimmernde, faltige Fläche mit einem Faden getrockneten Blutes. Hinter den Kuppen der gekrümmten, knochigen Finger ragten gezackte Ovale hervor, die ihm so fremd vorkamen, dass er den Arm senkte und sich mit der flachen Hand auf dem harten Boden abstützte.

Von schwerem Schlaf benommen, stemmte er sich in schräger Haltung in die Höhe. Er rutschte näher zur Wand, bis er mit der Schulter auf Widerstand traf, drehte den Oberkörper zur Seite und lehnte sich dagegen. Erst jetzt fiel ihm der Mantel auf. Kurz bevor er weggetreten war, musste er ihn zugeknöpft haben, alle drei Knöpfe. Krampfhaft versuchte er, sich an den Moment des Einschlafens zu erinnern. Das war doch nicht sein Plan gewesen, hier drinzubleiben, überhaupt die Nacht auswärts zu verbringen.

Nach dem Verlassen der Wohnung hatte ihn eine verkorkste Vorstellung zur nächsten Trambahnhaltestelle getrieben, nichts weiter. Kein Plan, eher ein Gewirr von Bildern, die ihn seit zwei Nächten heimsuchten und deren verschwommene Konturen ihn zu Erinnerungen zwangen. Wie in Trance oder unter Hypnose war er den Fetzen und Fratzen seiner Träume gefolgt, verstört von der Verwandlung der Trugbilder in reale Straßen, Gebäude und Gesichter. Als wäre er sein eigener Traumfänger, durch dessen Magie die dunkelsten Schatten aus ihm wichen und er in einer sommerhellen Gegend erwachte, an den Rändern einer flirrenden Kindheit.

In Wahrheit waren um ihn Stein und Staub und schwarze Zeit. Und schwarze Zeit und Staub und Stein waren in Wahrheit in ihm, keine Kindheit, bloß Knochen eines vor Schmerzen sich windenden, verendenden Mannes. Er wand sich nicht einmal, er hockte bloß da und biss die Zähne zusammen. Er presste die Hände auf den Boden und rechnete jede Sekunde damit, dass Flammen aus seinem rechten Bein schlugen. Er würde sie anfeuern, ihn zu fressen.

Im selben Atemzug wurde ihm bewusst, dass dies ein falscher Tod wäre, eine abstruse Lösung.

Seinem Auszug aus dem Hotel Prinz Ludwig lag ein einziges Motiv zugrunde: selbstbestimmt zu verschwinden und nicht wiederzukehren. Das allein war sein Antrieb. Nichts durfte ihn vom Einlösen seines Versprechens abhalten, das er in der Nacht zum Sonntag abgegeben hatte. Sich selbst und seiner Mutter gegenüber. Denn es war ihr Vermächtnis, das er seit der Stunde ihres Todes mit sich trug. Zehn Jahre lang hatte er es gehütet. Kein Tag verging, an dem er nicht daran dachte. Keine Nacht, in der ihr verwehender Blick ihn nicht noch einmal streifte.

Auf dem Totenbett hatte Rosemarie Hallig ihren Sohn den wahren Abschied gelehrt. Er hatte ihre Hand gehalten, und ihr Erbe ging ihm in Fleisch und Blut über.

An diesem Morgen kehrte er in ihr Zimmer zurück, auf den Stuhl neben ihrem Bett, in Reichweite des bis zum Rand mit Wasser gefüllten Halbliterglases und der Schatulle aus Lindenholz mit den Boten ihres ersehnten Schlafs.

Dahin kehrte er zurück. Als hätte seine Mutter ihn gerufen, um ihn, wie früher, dem Wüten seines Körpers zu entreißen. Wenn er im Fieber lag und in Alpträumen watete. Wenn die Wunden, die seine Schulkameraden ihm zugefügt hatten, den ganzen Nachhauseweg lang bluteten und er sich verbot zu jammern. Wenn er getrunken hatte und im Elend den Kopf gegen die Wand schlug. Wenn er im Zigarettenwahn nach Luft rang. Wenn er aus den falschen Lokalen kam, verunstaltet von falschen Begleitern. Wenn er heimlich nach den Medikamenten seiner Mutter suchte und sie ihn rechtzeitig erwischte.

Niemand außer ihm kannte ihr Versteck. Jahr um Jahr hortete sie Schachteln und einzeln verpackte Tabletten. Die meisten davon kaufte sie rezeptfrei in der Apotheke. Manche verschrieben ihr die Ärzte, zu denen sie widerwillig ging. Zum Geburtstag wünschte sie sich von ihrem Sohn nie etwas anderes als eine neue Packung Rohypnol, Mogadon oder Doxylamin. Bei Diazepam und Ketamin achtete sie streng auf die Verfallsdaten.

Gerüstet sein für den Tag X, hatte sie ihrem Sohn wenige Wochen nach dem Einzug ins Hotel erklärt. Da war sie Mitte fünfzig und arbeitete noch in einer Schneiderei in der Baaderstraße. Mehr als zwanzig Jahre später erst führte sie die sorgsam gehegte Schatulle ihrer Bestimmung zu, unspektakulär, in vertrauter Geborgenheit.

Ihre Magenschmerzen hatten sich verschlimmert, nachts spuckte sie gelegentlich Blut, und wenn sie länger als fünf Minuten auf den Beinen war, musste sie sich aus Atemnot hinsetzen. Unermüdlich redeten die Leute im Hotel auf sie ein, sie boten Fahrdienste an und beschworen Roses Sohn, ein Machtwort zu sprechen. Sie wusste, das würde er nie tun. Er wusste, sie würde keinen Fuß in ein Krankenhaus setzen.

Den Besuch ihrer acht Jahre jüngeren Schwester Gerda ertrug sie unter dem Einfluss von Valium. Bei der Verabschiedung umarmten sich die beiden Frauen. Hallig stand an der Tür und schaute zu Boden. Viel hatten sie nicht geredet, das hatten sie nie getan, nachdem ein für alle Mal geklärt war, dass derselbe Mutterbauch keine Garantie für eine gemeinsame Zukunft bedeutete.

Als einfache Vorortschneiderin hatte in Roses Vorstellung eine Chansonsängerin in einem zwielichtigen

Club in Schwabing keinen Platz. Von Gerdas Männern ganz zu schweigen. Leichtlebige Barbesitzer und Zocker, die ihre Schwester zu einem verheerenden Lebenswandel verführten. Mit sechzehn war Cornelius von zu Hause ausgezogen und hatte sich bei seiner Tante in der Nordendstraße eingenistet. Die Entscheidung schmerzte ihn nicht weniger als seine Mutter. Er musste raus aus der engen Schneiderei, raus aus dem fast dörflichen Umfeld und als Schriftsteller leben, mitten in Schwabing, wo die Künstler und Literaten verkehrten und niemand ihn nach seinem richtigen Namen fragte, wenn er in gewissen Kneipen einen Mann ansprach.

Vielleicht hatten sich die beiden Schwestern an jenem Nachmittag für alle Zeit ausgesöhnt. Das hoffte er zumindest. Zum Abschied küsste Gerda ihn auf die Stirn und strich ihm mit dem Zeigefinger, wie früher, über die Nase. Ihren schwarzen Schlapphut, ihr Markenzeichen auf der Bühne, hatte sie tief in die Stirn gezogen, damit ihre Augen verborgen blieben. Als er von unten, wo Gerda noch einmal wortlos seine Hand gedrückt hatte, ins Zimmer seiner Mutter zurückkehrte, begriff er, dass der Tag X begonnen hatte.

An diesem frühen Julimorgen, zehn Jahre später, im verwesenden Haus an der Eggenfeldener Straße, war ihm, als würde die auferstandene Stimme seiner Mutter ihn von innen her salben und auch diesen Tag überstehen lassen, unbegreiflich, wie jene Nacht an ihrem Bett.

Er schaffte es, sich mit seinen wunden Händen an den Türstock zu klammern und sich Zentimeter für Zentimeter in die Höhe zu ziehen und sein Bein zu ignorieren.

»Sei bereit«, sagte sie zu ihm, halb aufgerichtet, ans Kissen am Kopfende gelehnt. »Lass dir nichts vorschreiben. Geh, wenn du gehen musst, bleib, wenn jemand die Arme nach dir ausstreckt, und ach, hab keine Angst.

Weißt du noch, wie alt du gewesen bist, als du zu mir gerannt kamst, ich saß an der Maschine, wie immer, und du hast zu mir gesagt: Mama, werd ich jetzt auch alt? Weißt du noch? Ich hab sofort verstanden, wovon du sprichst. Etwas hat dir zugeflüstert, dass die Zeit vergeht. Ach, Junge, du warst erst fünf, da darf man doch so was noch nicht wissen.

Wer hat das getan? Ich hab dich gefragt, aber du hast immer bloß gesagt: Werd ich jetzt auch alt? Werd ich jetzt auch alt? Das war wie ein Riss in mir und ich müsst mein Herz neu nähen.

So warst du. Von dem Moment an war alles entschieden. Ich weiß noch, danach bist du nach draußen gelaufen und hast die Welt mit anderen Augen gesehen. Du hast sie durchschaut, und ich hab dich gelassen. Bei der Vesper hattest du den Blick eines Erwachsenen. Dann hab ich dich ins Bett gebracht, wie jeden Abend, und du wolltest nicht, dass ich dir noch was vorlese. Du wolltest, dass ich mich zu dir leg und mach, dass du nicht alt werden musst. Und ich hab mich zu dir gelegt und mir gewünscht, dass du morgen alles vergessen hast und lustig bist und unbeschwert und dass du kein einziges Mal auf die Uhr schaust.

Weiß nicht, ob das dann so war. Aber du warst nicht mehr derselbe, das ist mir später klargeworden, beim Lesen deiner Gedichte und deiner Geschichten. Da warst du höchstens elf und hast den ganzen Tag vor dich hin gekritzelt. Ich muss dir sagen, ein wenig hab ich befürchtet, du schlägst den Weg deiner Tante ein und wirst Sänger in Kaschemmen, das hätt ich schwer verkraftet.

Auch wenn es nicht so ausgeschaut haben mag, aber ich hab die Gerda schon schlimm vermisst. Meine kleine Schwester, die immer die Kleider von anderen Leuten angezogen und sich beim Volksfest auf die Bühne gestellt und die Kapelle dirigiert hat. Da hab ich mich geniert. Und wenn sie laut gesungen hat und alle Hunde drüben in der Hunde-Pension angefangen haben zu bellen. Und wenn sie in der Schule die Jungen abgebusselt hat, mitten im Unterricht, bloß so aus Gaudi, oder beim Schwimmen, halbnackt. Hab mich eigentlich ständig geniert wegen ihr, und sie hat sich nie was geschissen. Sie war einfach eine Persönlichkeit.

Und ich? Ich war ein Persönchen. So hat sie mich genannt, und ich war ihr nicht bös. Bös war ich nur kurz, als du bei ihr eingezogen bist, da war ich eifersüchtig. Das war dumm von mir. Du hattest eine Freiheit in dir, und ein Kind, das eine Freiheit in sich hat, darf man nicht aufhalten, das muss man gehen lassen, auch wenn man sich die Augen ausweint. Das geht schon wieder vorbei.

Sei bereit. Das warst du von Anfang an. Bin stolz auf dich, mein Kind, du hast dir gesagt, die Zeit geht vorbei, und man muss das Richtige tun. Ob's das Richtige war, was du getan hast, kann ich nicht beurteilen. Du bist ein berühmter Mann geworden, ein echter Schriftsteller, der erste in der ganzen Hallig-Familie.

Dass du einen anderen Namen angenommen hast, hab ich nicht verstanden, hab dich auch nie danach gefragt, es war deine Entscheidung. Du warst ein schüchterner Junge, vielleicht bist du ein schüchterner Erwachsener geworden und hast dich nicht getraut, deinen richtigen Namen in die Bücher zu schreiben. Du bist mir keine Antwort schuldig. Du bist hier, das ist Antwort genug.

Gleich musst du dich auf den Regiestuhl setzen und mir zuschauen. Stell dir einfach vor, ich spiel in einer deiner Verfilmungen mit, die Alte, die ein Verbrechen begeht, aber sie ist unschuldig. Sie begeht das Verbrechen an sich selbst, dafür kann sie nicht zur Rechenschaft gezogen werden. Hab nicht vergessen, dass du den Stuhl peinlich findest. Aber man sitzt gut drin, ich hab ihn extra wegen dir gekauft, damit ich deine Filme aus der richtigen Position heraus würdigen kann. Ach, ich red schon wirr.

Deine Hand ist kalt, hab keine Angst. Was ich dir sagen will, ist: Du bist dein Herr, die Zeit hört nicht auf dich, du bestimmst, was passiert. Ob du bleiben willst oder gehen, ob du singen willst oder schweigen, ob du ein Schneider sein willst oder ein Künstler, ob du eine Familie gründest oder allein bleibst. Hab keine Angst.

Wir waren füreinander da, mehr kann man nicht erwarten. Mehr Glück geht nicht. Mein Sohn ein berühmter Schriftsteller. Und wenn ich genauer darüber nachdenk, etwas spät vielleicht jetzt, aber immerhin: Was war das eigentlich für ein Bohème-Leben, das wir geführt haben? Sag was dazu, mein Sohn. Wir in einem Hotel, wie früher die Schauspieler, ungebunden, umsorgt von wohlmeinenden Geistern. Was für eine Idee von dir. Ich weiß gar nicht, ob ich dir je genug dafür gedankt hab.

Am Anfang hab ich mich schon ein wenig geniert, jetzt kann ich's zugeben, wenn ich in der Schneiderei nach meiner Adresse gefragt wurde. Was sagt man da? Ich hab einfach die Straße gesagt. Wer denkt da schon an ein Hotel? Du hast mir ein neues Zuhause geschenkt. Die Zeit vergeht.

Du musst dich jetzt rübersetzen. Setz dich. Einmal noch musst du mir gehorchen. Steh auf und setz dich rüber, sag ich. Hör auf deine Mutter. Das ist doch hier nicht Weihnachten, Überraschungen gibt's keine. Steh jetzt auf. Lass meine Hand los. Das ist die Stunde. Alles bereit. Nein, nichts anrühren. Hände weg. Setz dich auf den Regiestuhl, wozu steht der da? Ich krieg keine Luft mehr, wenn du so fest zudrückst. Ersticken will ich nicht, das ist nicht mein Plan. Setz dich. Setz dich, mein Kind.

Danach gehst du in dein Zimmer. Du trinkst zwei

Biere, höchstens drei, und hörst auf mit dem vielen Nachdenken. Worüber denn? Trink was, so wie ich jetzt, bedächtig, alles. Bleib sitzen. Du sollst sitzen bleiben. So haben wir das besprochen, so wird's gemacht. Setz dich wieder hin. Brav. Danke. Du trinkst, dann klopfst du an meine Tür, und die Dinge nehmen ihren Lauf. Versprich dich bloß nicht. Erzähl der Polizei ein Märchen, so, wie die Bösewichte in deinen Büchern. Das klappt. Bist du noch da? Das war alles, mein Linuslein. Hab keine Angst.«

Er stand im Freien. Die Amseln stimmten sich ein. Über ihm der weiße Himmel. Sein Tag X begann.

Das Handy, das seine Chefin ihm aufgedrängt hatte und das zu verlieren ihm nicht gelang, klingelte. Er nahm den Anruf entgegen. Außer ihm war niemand in der Bar. Im ersten Stock hantierte Inka Wels mit dem Staubsauger. An der Rezeption surfte Josef Ried im Internet, Schweißtropfen auf dem kahlen Kopf, irritiert über das Verhalten des Detektivs, der immer noch seelenruhig dasaß und in einem Papierstapel blätterte. Vielleicht brachte der Anruf ihn auf Trab.

Am Telefon berichtete Edith Liebergesell von ihrer Begegnung mit der Tante des Verschwundenen.

Die Leiterin der Detektei hatte mit der fast Achtzigjährigen über Skype gesprochen, da Gerda Hallig keine Gäste mehr in ihrer Wohnung empfange und außerdem am Tag zuvor unpässlich gewesen sei. Ihr Auftritt in der Kneipe »Wolle« habe länger als erwartet gedauert, vor allem wegen der ausgedehnten

After-Show-Party. Die Frau, berichtete Liebegesell, trug ein schwarzes, zu einem Turban gebundenes Kopftuch und eine Sonnenbrille mit rotbraunem Gestell im Stil der fünfziger Jahre.

Süden erfuhr, dass Gerda Hallig ihren Neffen vor ungefähr vier Jahren zum letzten Mal gesehen hatte. Nach dem Tod seiner Mutter hätten die Treffen noch ein paar Mal in Schwabing stattgefunden, immer in einem Lokal, und er sei, meinte sie gegenüber Edith Liebergesell, jedes Mal schweigsamer geworden. Schließlich habe er sich gar nicht mehr gemeldet.

Um die Weihnachtszeit herum habe die Tante dann einmal im Hotel angerufen und sich nach ihm erkundigt. Sie erfuhr, dass Linus seinen persönlichen Telefonanschluss im Zimmer gekündigt hatte. Zufällig nahm Josef Ried den Anruf an der Rezeption entgegen. Er klopfte so lange an Halligs Tür, bis dieser öffnete und sich schließlich dazu überreden ließ, mit seiner Tante zu reden. Daraufhin habe er ausgesprochen höflich mit ihr telefoniert, um Entschuldigung für seine Abwesenheit gebeten und ihr versichert, den Kontakt wiederaufzunehmen, wenn er sich besser fühle. Was er damit meinte, verriet er nicht.

Auf die Frage, ob er Hilfe brauche, habe er mit einem kühlen Nein reagiert. Von diesem Tag an hätten sie kein Wort mehr gewechselt. Ihr Neffe sei von Jugend an ein Einzelgänger gewesen. Obwohl er früh gelernt habe, sein eigenes Geld zu verdienen, und viele Jahre extrem diszipliniert an seinen Büchern arbeitete, blieb er zeitlebens den meisten Menschen gegenüber misstrauisch. Seine wenigen Bekanntschaften, auch auf sexueller Ebene, wie Gerda Hallig ausdrücklich hinzufügte, endeten allesamt dort, wo sie begonnen hatten, in der Einsamkeit seines Zimmers.

Eine Weile, sagte Edith Liebergesell zu Süden, habe sie es nicht für ausgeschlossen gehalten, dass Hallig sich bei seiner Tante versteckt haben könnte, aus welchem Grund auch immer. Doch schließlich habe die alte Dame von sich aus diesen Punkt erwähnt und mit süffisantem Unterton gefragt, wieso ihr Neffe nicht bei ihr aufgetaucht sei, wenn er Probleme mit seinem Leben habe? Auch wenn er seit Jahren nichts von sich habe hören lassen, was, nebenbei bemerkt, schon auch ein bisschen unverschämt sei – niemals hätte sie ihn vor der Tür stehen lassen. Auch damals, als er fast noch ein Bub war, habe sie für ihn gesorgt und ihre Schwester beruhigt und alles getan, damit er sich wie zu hause fühle und vor allem nicht in schlechte Gesellschaft gerate. Das sei ihr wohl leider nur bedingt gelungen. Nein, versicherte Gerda Hallig, wieder einmal habe sie keine Erklärung für sein Verhalten, sie hoffe inständig, dass sich alles bald zum Guten wende.

Namen von Freunden oder Bekannten im weitesten Sinn habe ihr Neffe auch früher kaum erwähnt. Er neigte zum Geheimniskrämer, sagte die Sängerin, kein Wunder bei der Mutter. Ihre Schwester Rosemarie habe die Angewohnheit gehabt, aus einer, wie Gerda Hallig sich ausdrückte, unsichtbaren Maus einen unsichtbaren Elefanten zu machen. Sie habe halt wenig erlebt und ihren Sohn allein großziehen müssen, da blieb keine Zeit für Abenteuer.

Kurz vor Ende des Gesprächs, berichtete Edith Liebergesell, habe die alte Frau plötzlich die Hände vor ihrem Gesicht gefaltet und an der Kamera vorbei in die Ferne geblickt. Nach einer Minute oder länger senkte sie den Kopf und sprach wie zu sich selbst. Ihre Schwester, sagte sie, habe sich umgebracht, und sie sei überzeugt, Linus habe seiner Mutter dabei geholfen. Und sie, Gerda, sei von beiden ausgeschlossen worden, dabei war sie am selben Tag noch im Hotel, und ihre Schwester hatte ein Wiedersehen versprochen. Genau wie Linus vor vier Jahren. Und dann war sie tot, und nun war Linus weg, und wenn er längst in einem abgeschiedenen Winkel gestorben wäre, würde sie sich nicht wundern. Und bevor Edith Liebergesell noch etwas erwidern konnte, erlosch der Bildschirm von Gerda Hallig.

Eine Stimme aus dem Flur ließ Süden aufhorchen. Der Hotelier begrüßte eine Frau, schlichtes Sommerkleid, gelbe Umhängetasche. Ihre Sonnenbrille steckte im Haar.

»Ich bin zu früh«, sagte sie.

Süden stand auf. »Ich habe Besuch, wir sprechen uns später.«

»Vergiss nicht wieder irgendwo dein Handy«, sagte Edith Liebergesell.

Süden legte das Telefon auf den Tisch, ging zu der Frau und nannte seinen Namen. Dann setzten sie sich an den Tisch, auf dem das Manuskript lag. Josef Ried brachte eine frische Flasche Mineralwasser und zwei Gläser.

Als sie allein waren, sagte Süden: »Ihr Buch hat keinen Titel.«

Angela Capelli, die Autorin, betrachtete das oberste Blatt mit den zwei Namen. Sie fürchtete sich, eine Frage zu stellen. Süden ahnte, was sie dachte. »Wir wissen noch nicht, wo er ist«, sagte er. »Wir wissen nicht, ob er noch lebt. Ich vermute es aber.«

»Ehrlich?«

»Ja.«

»Ich hab schon mit dem Schlimmsten gerechnet.«

Süden sah sie schweigend an.

Immer noch galt ihre Aufmerksamkeit dem Manuskript. Dann schüttelte sie betrübt den Kopf. »Weil er doch nichts mehr mit seinem Leben zu tun haben will. Hier liegt es, und ihm ist alles egal. Und ich hatte extra eine Flasche Champagner mitgebracht, zum Anstoßen auf seine Lebensgeschichte.«

7

»Ein einziges Treffen«, sagte Angela Capelli. »Am Johannisplatz im Café. Vor mehr als zwei Jahren war das. Hinterher habe ich mich gefragt, wer das eigentlich war, der da vor mir gesessen hatte. Ein Mann Anfang sechzig, der aussah wie siebzig, die Stimme so dünn und hoch, dass ich mich unglaublich konzentrieren musste, um keinen Satz zu verpassen. Abgesehen davon, redete er eh fast nichts.«

»Aber er lehnte das Projekt nicht ab.« Süden schenkte ihr Mineralwasser nach. Unauffällig achtete er auf die Geräusche im Haus, auf die Schritte des Zimmermädchens, ihr Gemurmel mit Josef Ried.

»Er nahm es hin.« Die Lektorin schien über den Satz nachzudenken. »Er hörte mir zu, wie ich ihm erklärte, welcher Aufbau mir vorschwebte, welche Personen ich interviewen möchte, aus welchen seiner Bücher ich Zitate einstreuen wollte. Das Konzept lag vor ihm auf dem Tisch, drei Seiten. Er las, anscheinend durchaus interessiert, trank zwischendurch von seinem Bier, kratzte sich ein paar Mal an der Wange. Er war nicht besonders gut rasiert und sah sehr mitgenommen aus, abgemagert. Er schob die drei Seiten über den Tisch, und wissen Sie, was er daraufhin sagte? Ich wollte fast nachfragen, weil ich es nicht glauben konnte. Er sagte: Wenn Sie meinen. Punkt. Wahrscheinlich habe ich noch nie jemanden so verdutzt angeguckt wie ihn an diesem Nachmittag. Ich wartete, dass er noch etwas sagte, dass er einen Kommentar abgab, eine Meinung äußerte, Kritik übte, was weiß ich. Dann stand er auf, ging auf die Toilette. Als er zurückkkam, klopfte er mir auf die Schulter, setzte sich wieder unter dieses scheußliche Wandbild, das da schon seit hundert Jahren hängt, und lächelte mich schief an.«

»Schief«, wiederholte Süden. Oben wurde eine Tür geschlossen und abgesperrt.

»Schief. Sein Mund war schief. Im ersten Moment dachte ich, er grinst mich an. Wie so ein finsterer Geselle in einem seiner Bücher. Das war kein Grinsen, da war schon Freundlichkeit in der Mimik, es war nett gemeint, ganz bestimmt. Ich kenne ihn seit der Zeit, als ich noch Volontärin im Verlag war. Die meisten seiner Romane habe ich lektoriert, für ihn war ich so was wie eine Verbündete. Allerdings ohne regelmäßige Kontaktaufnahme.

Wissen Sie, was ich dachte, als ich wieder zu Hause war und die Begegnung, von der ich mir so viel erhofft hatte, Revue passieren ließ? Ich dachte, bitte lachen Sie mich nicht aus, ich dachte, vielleicht hat er das Lächeln verlernt, er weiß nicht mehr, wie es geht. Wenn Sie in sein Gesicht schauen, kommen Sie nicht auf die Idee, dass da je ein Lächeln war. Irgendwann vor langer Zeit muss er es aufgegeben haben. Gestrichen, wie einen Satz in einem Text, der nicht passt.

Passt nicht mehr zu ihm, so ein einfaches Lächeln. Ausradiert.

Darf ich Sie fragen, wie Sie das Manuskript fanden? Sie sagten vorhin, Sie hätten es ganz gelesen, und Sie würden auch Bücher von Hallig kennen. Verzeihen Sie meine Direktheit. Mit dem Manuskript bin ich völlig allein. Nicht einmal meine Verlegerin hat es bisher gelesen, ich wollte es ihr erst geben, nachdem ich erfahren habe, was er davon hält. Aber jetzt? Jetzt steh ich da nach einem Jahr Arbeit, und niemand nimmt davon Kenntnis.«

»Ich sehe den Mann vor mir«, sagte Süden. »Aber ich sehe ihn von hinten. Er wendet sich in dem Moment ab, wenn man ihn ansehen will. Er spricht nicht, außer in seinen Büchern.«

»Ein Kompliment für mich ist das nicht.«

»Sie mussten die Biografie so schreiben. Sie entspricht ihm. So sieht er sich selbst, ein getriebener Schatten, der den Abend nicht erwarten kann.«

»Er war berühmt und wollte doch immer ein anderer sein.«

»Deswegen schrieb er unter einem Pseudonym.«

»Da muss ich Ihnen ein Geständnis machen.« In ihrem Blick lag eine kindliche Scheu. »Mit dem falschen Namen habe ich leider völlig versagt. Er hörte einfach nicht auf, davon zu reden, wie sehr es ihn früher irritiert hätte, seinen Namen in der Zeitung zu lesen. Für Zeitungen schrieb er schon, da war er noch keine achtzehn, von dieser Arbeit lebte er. Tagespresse, Illustrierte, Magazine aller Art. Damals hatten freie Autoren noch Chancen auf dem Markt, sie boten ihre Mitarbeit an, und wenn sie was taugten, durften sie weiterschreiben.

Wie Sie im Manuskript gelesen haben, lebte er Anfang der Siebziger ein knappes Jahr in Westberlin. Auch dort schrieb er für alle möglichen Blätter. Acht Monate nach der Olympiade war er wieder in München und jobbte als Kellner in einem Gasthaus, das ein Freund seiner Tante betrieb. Er war fest entschlossen, Schriftsteller zu werden. Kurzgeschichten, Gedichte, Hörspiele. Er probierte alles aus. Seine Vorbilder waren Autoren wie Böll, Grass, Handke auch, Hemingway natürlich. Er verehrte Malcolm Lowry, John Steinbeck, aber auch Pavese und Katherine Mansfield, Kafka und Fitzgerald. Immer wieder Fitzgerald. Solche Kaliber. So machen es die jungen Autoren, so lernen sie und schälen sich nach und nach aus der Rüstung, die ihre Meister ihnen angezogen haben.«

Ihre Hand umklammerte das Wasserglas. Sie zögerte, dann trank sie einen Schluck und stellte das Glas so behutsam ab, als wäre es bis zum Rand gefüllt. »Sie haben mich gebeten zu kommen, wieso eigentlich, Herr Süden? Mehr als da drinsteht, weiß ich über ihn nicht.«

»Er schaffte es nicht aus der Rüstung.«

Überrascht sah sie ihn an und nickte. »So war's. Er veröffentlichte vier schmale Bände, zwei mit Stories, zwei Romane. Der Erfolg blieb aus. Die Neue Innerlichkeit, mit der die Werke anderer zeitgenössischer Autoren seinerzeit etikettiert wurden, fand bei ihm nicht statt. Oder sie war nicht klar genug erkennbar, oder der Stil passte nicht in die Zeit. Zu viel Hemingway, zu viel Fitzgerald, schwer zu sagen.

In unserem Verlag erschien damals einmal im Jahr eine Anthologie mit Kriminalgeschichten. Ich fragte ihn, ob er eine schreiben wolle. Er lieferte fünf ab. Alle waren dunkel, beklemmend, verwirrend, in einem eigenen Ton, der neu bei ihm war. Was für ein Wendepunkt. Und natürlich kam das Thema Autorenname zur Sprache. Auf keinen Fall sein eigener, davon war er nicht abzubringen. Aber ihm fiel kein anderer ein, also setzte ich mich hin und zermarterte mir das Hirn. Das dauerte Tage. Mein Fehler war, dass ich die ganze Zeit nach einem Vor- und Nachnamen suchte, der außergewöhnlich klang, der beim bloßen Lesen den Autor in eine unwiderstehliche Person verwandelte und das Buch zu etwas Unverzichtbarem machte. Ich war halt jung. Ich grübelte, stöberte in Lexika, dachte an die Namen meiner Verwandtschaft, wälzte Romane. Ich drehte fast durch vor Ehrgeiz. Sogar auf zwei Friedhöfen habe ich mich rumgetrieben und Namen von Grabsteinen abgeschrieben. Drei oder vier Mal in der Woche rief ich ihn an und betete meine neueste Litanei runter. Nicht ein Name fand seine Zustimmung, weder ein Vor- noch ein Nachname, keine Kombination, nichts. Als hätte ich die Namen erfunden, als wären das Namen, die nur Außerirdische tragen.«

»Darüber steht in Ihrem Manuskript kein Wort«, sagte Süden.

»Ich möchte mich nicht öffentlich blamieren.«

»Mir erscheint das ungewöhnlich, dass eine Lektorin für den Namen des Autors verantwortlich ist.«

»Was hätte ich machen sollen? Entweder ich fand einen Namen, oder er würde seine Erzählungen nicht freigeben. Und ich wollte, dass sie erscheinen, ich wusste, dass die Leser sie verschlingen würden und er eine Zukunft vor sich hatte. So ist es dann auch gekommen.

Nach mehreren Wochen hatte ich immer noch keinen Namen, der ihm zusagte. Eines Nachts, es war fast Mitternacht, ich las daheim in einem Manuskript, rief er mich an und erklärte, er heiße ab sofort Georg Ulrich. Das ist doch kein Name für einen Kriminalschriftsteller, platzte es aus mir heraus, wie er denn darauf gekommen sei? Er heiße jetzt Georg Ulrich, wiederholte er. Dann wünschte er mir eine angenehme Nachtruhe und legte auf.

Georg Ulrich. Ich hatte mir den Namen auf meinem Block mit den Anmerkungen zu meiner Lektüre notiert. Wie hätten Sie reagiert? Georg Ulrich.

Schließlich tröstete ich mich mit dem Gedanken, dass wir erst einmal die fünf Stories drucken würden, und wenn dann der erste Kriminalroman in Aussicht stand, könnten wir immer noch über einen Namen reden. Falsch gedacht. Natürlich rückte er keinen Buchstaben von seinem Pseudonym ab. Und was soll ich sagen? Der erste Roman kam raus, ein Erfolg, der zweite, ein Erfolg, der dritte, ein Erfolg. Jedes Jahr ein neues Werk vom Bestsellerautor Georg Ulrich.

Sieben Jahre, sieben Highlights. Auslandslizenzen in zwölf Länder verkauft. Verfilmungen, Bearbeitungen für die Bühne und den Hörfunk. Mega-Umsatzzahlen bei den Taschenbüchern. Und raten Sie, wie viele Lesungen er in all der Zeit, während der Jahre seiner Triumphe, abhielt.«

Süden schwieg.

»Eine einzige. Nach Erscheinen des ersten Romans las er vor Schülern im Oskar-von-Miller-Gymnasium in Schwabing. Eine Lehrerin war mit seiner Tante Gerda befreundet, sie lud ihn ein. Ich kam auch mit, und er las eine Stunde aus seinem Buch und beantwortete danach die Fragen der Schüler. Nie zuvor und nie danach habe ich ihn so gelöst und freimütig über sein Leben sprechen hören wie in dieser Aula.

Hinterher schrieb er sogar Autogramme in Schulbücher und auf Zettel und auf jeden Arm, den die Schüler ihm hinhielten. Seinen Gesichtsausdruck, als die Schüler sich um ihn scharten, ihn bedrängten und weiter mit ihren Fragen bombardierten, habe ich nie vergessen. Linus wirkte wie ein glücklicher Mensch. Seine hellen Augen voller Neugier, die Nähe der Schüler schien er geradezu aufzusaugen, er ließ es zu, bedrängt und bestürmt zu werden.

Er, der in der Straßenbahn sofort ausstieg, wenn jemand zu nah bei ihm stand oder neben ihm saß. Er, der selten klare Antworten gab und am liebsten schweigend und allein in seinem Zimmer hockte. Er, der sich bei schrillen Stimmen die Ohren zuhielt. Er, der Leute am ehesten aus der Ferne ertrug. Er, der die Schule gehasst und vorzeitig abgebrochen hatte. Er, der sich bei unerwarteten und ungewollten Berührungen innerlich und äußerlich krümmte. Er, der jedes Gespräch über sich und seine Arbeit ablehnte und geradezu verdammte. Dieser Mann legte seine Arme um die Schüler und ließ sich fotografieren. Er ließ sich von wildfremden Mädchen auf die Wange küssen und von übermütigen Buben in die Seite boxen. Am Ende verabschiedete er fast jeden Einzelnen mit Handschlag.

Und als sie alle gegangen waren, stand er in der Aula, vor den leeren Stühlen, eine Minute lang in der Stille, nur er und sein Buch, das er in beiden Händen hielt. Er und sein Buch. Dann drehte er sich zu uns um, zu seiner Tante, der Lehrerin und mir, und da war nichts mehr vom Glück. Nur die alte, blanke, fürchterliche Abwesenheit in seinen Augen.

Wo mag er sein? Glauben Sie ehrlich, dass er noch lebt?«

Er war bereit zu gehen. Geleitet von der Stimme seiner Mutter, hatte er den Innenraum des maroden Hauses ein letztes Mal durchquert, hinkend und mit gekrümmter Schulter. Er brauchte beide Hände, um die Tür auf der Rückseite aufzuziehen. Dann sah er die Birken im diesigen Morgenlicht, das rote Dach des gegenüberliegenden Hauses, den vertrauten Hof, den unverwüstlichen Lattenzaun, und er schöpfte Zuversicht.

Ihm gelang ein schlurfender Gang. Seine Schuhe

scheuerten über den Asphalt, verfärbt von Schmutz und Staub. Sein Mantel roch nach modrigem Gestein. Seine Hose hatte die Farbe der Wände angenommen, zwischen denen er die Nacht überstanden hatte. Alles passte zu ihm, dachte er, der Weg war nicht umsonst gewesen.

Minutenlang blieb er an der Kreuzung stehen, unter dem gleichmäßigen Blinken der Ampelanlage. Hin und wieder hielt ein Auto kurz an, der Fahrer kontrollierte die Richtungen, und der eine oder andere warf einen kritischen Blick auf den Mann mit den zerzausten weißgrauen Haaren und dem viel zu dicken Mantel.

Hallig verharrte nicht aus Erschöpfung. Er dachte an Zamo, seinen Hund, den er aus dem inzwischen vollständig überwucherten Haus auf der anderen Straßenseite geholt hatte. Zamo, der an dieser Stelle getötet worden war. Zamo, dessen zerschundenen, toten Körper seine Mutter ins Tierheim getragen hatte, wo, wie sie sagte, der Hundehimmel auf ihn wartete. In der Zwischenzeit, auch daran dachte er jetzt, den Blick auf die fensterlose Wand der Hunde-Pension gerichtet, hatte er allein in der Küche gesessen und sich nicht getraut, aus dem Fenster zu sehen. Nie mehr wollte er da hinausschauen. Nie mehr wollte er am Gartenzaun stehen, an dem die Autos vorbeirasten. Er fragte den lieben Gott, warum er Zamo nicht beschützt hatte. Er fragte ihn an die hundert Mal in der Zeit, in der seine Mutter auf dem Weg zum Hundehimmel war, und er hörte nur das Quietschen von

Autoreifen und das Röhren von Motorrädern. Wenn es auf der Straße still war, drang das Bellen der Hunde herüber. Er saß auf dem Stuhl, auf dem er immer saß, und bedeckte das Gesicht mit den Händen und wusste nicht, wie er es jemals wiedergutmachen sollte, dass er dieses eine Mal den Hund nicht an die Leine genommen hatte.

Hallig steckte die Hände wieder in die Manteltaschen. Er durfte jetzt nicht kindisch sein. Er durfte nicht zaudern. Bis zur Haltestelle der Trambahn brauchte er mindestens zwanzig Minuten, bei dem Tempo, das seine Beine ihm erlaubten.

In der Unterführung hielt er ein zweites Mal inne. Autos rasten an ihm vorüber. Er hörte sich stöhnen und wollte damit aufhören. Die dumpfen Laute krochen weiter aus seiner Kehle. Die Luft erwärmte sich schon wieder, dabei war es, schätzte er, höchstens halb sieben oder sieben. Immer mehr Fahrzeuge waren unterwegs. Radfahrer sausten über die Bürgersteige.

Endlich erreichte er den Ausgang der Unterführung. Anders als gestern in der brütenden Hitze lief ihm heute, bei noch niedriger Temperatur, der Schweiß übers Gesicht. Das Polohemd klebte auf der Haut, und er bildete sich ein, unangenehme Gerüche gingen von ihm aus. Allmählich entwickelte sich sein schleppender Gang zu einem Taumeln. Eine Autofahrerin bremste ab und überlegte, ob sie ihm helfen sollte. Sie stellte fest, dass er das Gleichgewicht wiederfand, und setzte ihre Fahrt fort.

Von Weitem sah er, wie eine Straßenbahn von der

Haltestelle in Richtung Innenstadt abfuhr. Instinktiv beschleunigte er seine Schritte. Das zahlte ihm seine rechte Wade mit einer Art von Glutspritzern in die Venen heim. Er schrie auf und glaubte, auf der Stelle umzukippen. Er riss die Hände aus den Manteltaschen und breitete die Arme aus, wie jemand, der auf einem Seil balancierte. So schaffte er es, den nächsten Schritt zu machen, den übernächsten, bis zur Abzweigung, die zu den Haltestellen führte.

Den Kopf an die Scheibe der Tram gelehnt, fuhr er vom Osten der Stadt zurück in das Viertel, wo er seit drei Jahrzehnten zu Hause war. Die Neubauten und all die Dinge, die sich im Lauf der Zeit verändert hatten, waren ihm so wenig vertraut wie die Grünanlagen, Wohnblocks und Geschäftsstraßen, die ihm beim Hinausschauen ins Auge fielen. Als seine Mutter noch lebte, unternahmen sie sonntags gelegentlich Ausflüge in andere Stadtteile, entweder gingen sie zu Fuß oder nahmen die Straßenbahn. Zwei oder drei Mal hatten sie sich ein Taxi geleistet, um weiter entfernt gelegene Gegenden zu inspizieren, ähnlich wie Leute, die nach einer ihnen angemessenen Immobilie Ausschau hielten. Die Spritztouren hatten ihnen Freude bereitet, auch wenn sie hinterher immer ein wenig grübelten, was genau sie eigentlich damit bezweckten. Ein Umzug lag außerhalb ihrer Vorstellungskraft.

Die Gesichter der Stadt zogen an ihm vorbei, er glaubte sie wiederzuerkennen und vergaß sie sogleich. Wozu, dachte Hallig, sollte er sich noch etwas merken? Er war schon nicht mehr anwesend, er tat nur so. Leute stiegen ein, aber niemand setzte sich vor oder hinter seinen Einzelplatz, auch die Zweier- und Viererbänke auf der anderen Seite des Durchgangs blieben leer.

Sollte seine Bekannte zu Hause sein, womit er nicht rechnete, würde er keine Erklärung abgeben. Sie brauchte ihn nur anzusehen, um zu begreifen, dass er die Nacht nicht an einem sauberen Ort verbracht hatte. Er würde sie trösten, in der Gewissheit, dass sie bald zu ihrem Zweitjob aufbrechen müsste und keine Zeit für weitere Fragen hätte.

Alles, dachte Hallig, war entschieden. Das Entsetzen konnte er niemandem abnehmen, so wenig wie die Wut und das Unverständnis und den Ärger mit der Polizei. In einem frühen Stadium hatte er überlegt, in ein fremdes Land zu reisen, an einen unbestimmten Ort, von dem die Leute in seiner Umgebung so wenig wussten wie er, ein wahllos ausgesuchter Flecken, an dem sein Leichnam im besten Fall erst nach Monaten, womöglich Jahren gefunden wurde. Etwas in der Art. Dann verwarf er die Idee, sie kam ihm feige und falsch vor, vergeudete Mühen, sagte er sich.

Der Ort stand fest, die Zeit so ungefähr. Ich bin bereit, dachte er auf dem Weg zur Wohnung, die von der Haltestellte keine fünf Minuten entfernt lag.

Wie erwartet, war seine Bekannte nicht da. Auf dem Tisch lag der Zettel, den er ihr hinterlassen hatte. »Sorge Dich nicht, ich komme zurück.«

Und hier war er und würde keinen zweiten Zettel schreiben.

Nach einem Blick in seinen Rucksack, der in der Kammer unverändert an der Wand lehnte, setzte er sich auf die weiße Couch im Wohnzimmer. Vor seinem endgültigen Aufbruch wollte er kurz ausruhen.

Zweieinhalb Stunden später schreckte er aus dem Schlaf hoch.

Die Hände immer noch in den Manteltaschen, lag er schräg ausgestreckt auf dem Polster, verschwitzt und mit verspanntem Nacken. Er brauchte dringend etwas zu trinken. Beim Aufstehen ließ er den Mantel achtlos auf den Teppichboden fallen. Im Badezimmer warf er seine restlichen Kleidungsstücke auf den Hocker neben der Heizung. Er zwang sich, keinen Blick auf sein entzündetes, schrundiges, schwarz verfärbtes rechtes Bein zu werfen. Im Wegschauen war er seit Monaten Fachmann.

In der Wanne hielt er sich den Duschkopf vor die magere, bleiche Brust, deren Anblick ihm nicht erspart blieb. Eiskaltes Wasser prasselte auf seinen Körper.

Nachdem er sich abgetrocknet und wieder angezogen und das Bad schon beinahe verlassen hatte, lauerte ihm sein Spiegelbild auf.

Der Fremde erschreckte ihn fast zu Tode.

Über seinen eingefallenen Wangen spannte sich farblose, rissige Haut. Seine Augen warfen Schatten, die von den Rändern seiner wie von einem Faustschlag verbogenen Nase bis zu den strichartigen Lippen fielen. Schmierig weiße Büschel bildeten Relikte seiner einstmals roten Haare. Seine hohe, gefurchte

Stirn kam ihm vor wie eine bröckelnde Wand, hinter der sich ein schwarzer, ausgebrannter Raum auftat.

Der Fremde blieb, wo er hingehörte.

Hallig schloss die Tür hinter sich, nahm den Mantel vom Boden und warf ihn sich über. Wenigstens die Schuhe, dachte er, sollte er noch mit Zeitungspapier abreiben und halbwegs vom staubigen Überzug befreien, durch den das Leder nicht mehr durchschien.

Ordentlich geputzte Schuhe waren seiner Mutter immer wichtig gewesen.

Auf dem Wohnzimmertisch lag die Ausgabe einer Tageszeitung vom vergangenen Wochenende. Keiner von ihnen hatte darin auch nur geblättert. Er riss die oberste Seite ab und ging wieder zur Couch, um seine Aufgabe im Sitzen zu verrichten. Zufällig schaute er aus dem Fenster.

Die Wohnung lag im ersten Stock, und er sah auf der Straße seine Bekannte mit einem Mann näher kommen, wahrscheinlich einem Nachbarn. Sie gingen nebeneinander, hinter einer älteren Frau, die eine Gehhilfe vor sich herschob. Auf die Schnelle bemerkte er nicht, dass die beiden sich an der Hand hielten.

Er ließ die Zeitungsseite fallen. Hinkend ging er zur Kammer, packte seinen Rucksack und verließ die Wohnung. Im Parterre gab es zwei Ausgänge, einen auf die Straße, einen in den Hinterhof, durch den man in einen weiteren Hof und dann auf die nächste Straße gelangte. Den Weg hatte er am ersten Tag in der Wohnung ausgekundschaftet, mehr zum Zeitvertreib.

»Bitte warten Sie auf mich«, sagte Süden.

Angela Capelli drehte sich um, weil sie wissen wollte, mit wem der Detektiv redete. Im Flur stand eine Frau mit blonden, strubbeligen Haaren, in einem kurzärmeligen, rotweiß karierten Kleid und einer Jutetasche über der Schulter.

»Ich muss mich beeilen«, sagte Inka Wels. »Ich hab noch einen anderen Job, genau wie Bruna, sonst komm ich nicht über die Runden. In einem neuen Hotel am Bahnhof.«

Süden stand vom Tisch auf. »Zehn Minuten. Ich bezahle Ihnen die Zeit. Es ist dringend.«

»Wenn's sein muss.« Sie verschwand in der Küche, wo ihre Kollegin Bruna auf ihren Chef einredete.

Süden setzte sich wieder. »Dann nahm er also die Misserfolge klaglos hin.«

Wieder betrachtete die Biografin ihr Manuskript, das sie unbewusst näher zu sich her geschoben hatte. Ihr ungelesenes Lebenswerk. »Das Wort hat er nie benutzt. Er sprach auch nie von Erfolg. Er schrieb, und die Bücher verkauften sich, das war alles für ihn. Glaube ich. Wer weiß das schon? Er redete nicht darüber, das steht ja auch dadrin. Seine Tante meinte, er hätte den Erfolg genossen, einen Beleg für die Behauptung lieferte sie nicht. Ich will Sie nicht aufhalten.«

»Die Verfilmungen seiner Bücher sah er sich aber regelmäßig an.«

»Wahrscheinlich schon. Der kleine Flachbildfernseher in seinem Zimmer war ein Geschenk des

Hauses. Herr Ried und seine Angestellten haben gesammelt. Sie haben ihm dann auch noch einen neuen Videorecorder und vor ein paar Jahren einen DVD-Spieler gekauft. Wegen der Adaptionen seiner Krimis. Fragen Sie mich, ob die Filme ihm gefallen haben.«

»Er gab Ihnen keine Auskunft, das steht in Ihrem Buch.«

»Null. Ich habe ihn gelöchert in dem Café am Johannisplatz. Das ist doch ein interessanter Aspekt. Was sagt der Romanautor zu den Verfilmungen seiner Romane? Mein Gott, da kann man sich ja mal dazu äußern. Er sagte, er weiß nicht, was er sagen soll. Sie haben's gelesen. Andererseits, wenn die Filme ihm nicht gefallen würden, hätt er sie nicht dauernd angeschaut. Oder was denken Sie? Die Sammlung ist ganz ordentlich. Vorhin haben Sie gesagt, Sie waren in seinem Zimmer, da werden Ihnen die vielen DVDs und Kassetten aufgefallen sein. Fünfzig müssen es mindestens sein. Hab ich Recht?«

»Sie sind nicht mehr da.«

»Wo sind die denn? Wer hat die?«

»Ich vermute, er hat sie vernichtet.«

Daraufhin brachte Angela Capelli kein Wort mehr heraus, bis die Tür zur Küche geöffnet wurde und das Zimmermädchen in den Flur trat, grimmig vor Ungeduld. Süden nickte ihr zu.

8

Auf dem Weg durch die Kellerstraße ließ Inka Wels sich nicht zu einem Gespräch bewegen. Süden wartete ab. Seit sie das Hotel verlassen hatten, wechselte die Frau ihren Jutebeutel ständig von der einen Schulter zur anderen und blickte stur auf den Gehweg. Nach einigen Metern verlangsamte sie ihre Schritte, im Glauben, ihr Begleiter würde es nicht bemerken.

An der Ecke zur Steinstraße blieb sie stehen. »Ich möcht jetzt gern allein sein«, sagte Inka Wels. »Sie wollten mit mir reden, aber das war wohl gelogen. Sie wollen mir bloß hinterherspionieren.«

»Nennen wir es eine Überprüfung.«

»Bitte?«

»Sie wissen, wo Herr Hallig sich aufhält.«

»Das weiß ich nicht.«

»Ich werde Sie in Ihre Wohnung begleiten«, sagte Süden.

»Haben Sie einen richterlichen Beschluss?« Sie verrenkte sich fast den Hals, um unauffällig auf ihre schmale, rote Armbanduhr zu schauen.

Süden sagte: »Ich brauche keinen Beschluss. Und es ist gleich elf Uhr.«

»Sie sind so was von hundsgemein.«

»Sie haben bestimmt Ihre Gründe, den Mann zu verstecken, aber Sie begreifen den Zusammenhang nicht.«

»Ich verstecke niemanden.«

»Sie wohnen nicht weit von hier«, sagte Süden und griff nach ihrer Hand. Er ließ sie nicht mehr los. »Hallig schrieb in Ihrer Wohnung noch keinen einzigen Satz.«

»Weil Sie das so genau wissen.«

»Er kam nicht zum Schreiben zu Ihnen.«

»Sie sind schlau.«

»Er brauchte vielleicht einen neutralen Ort, um Kräfte zu sammeln.«

»Ich will jetzt nach Hause gehen.«

»Dann gehen wir.« Wie ein störrisches Kind zog Süden die junge Frau hinter sich her. Sie hatte nicht die Kraft, sich zu wehren. Sie wollte auf keinen Fall, dass er sie begleitete. Sie wollte keine Verräterin sein. Sie schaffte es nicht, ihre Hand aus seiner zu befreien.

Drei Mal hatte sie Linus am vergangenen Samstag in seinem Zimmer geschworen, kein Sterbenswörtchen preiszugeben, gegenüber niemandem. Wenn er ein paar Tage ausbüxen müsse, um Ideen zu sammeln oder einfach mal wieder andere Wände zu sehen, dann würde sie ihn unterstützen, auch wenn ihr Chef und ihre Kolleginnen fassungslos über sein plötzliches Verschwinden wären. Das war unvermeidlich, und das tat ihr leid. Aber wenn ausgerechnet sie es sei, die seinen innigsten Wunsch erfüllen könne, würde sie ihm die Treue halten –, so, wie sie auch immer jede Bitte seiner Mutter erfüllt habe.

Der Sonntag kam. Ihr Herz schlug bis zum Hals, als sie im Hotel ihren Dienst antrat. Jeder fragte, wo Linus stecke. Grässliche Stunden waren das. Auf dem Heimweg drehte sie sich ständig um, weil sie fürchtete, jemand würde sie verfolgen und verdächtigen. Wie der Detektiv. Er hatte sie durchschaut. Seine Bemerkung über das Schreiben war genauso hinterhältig wie richtig.

Kein einziges Mal hatte sie Linus bisher mit einem Schreibblock gesehen. Nirgendwo lagen Zettel mit Notizen herum, abgesehen von dem einen, der sie dann doch in Angst und Schrecken versetzt hatte. Sie solle sich keine Sorgen machen, stand da. Nachdem er abends nicht nach Hause gekommen war, verbrachte sie die ganze Nacht schlaflos auf dem Sofa und horchte auf jedes Geräusch im Treppenhaus. Immerhin hatte er seinen Rucksack nicht mitgenommen, das tröstete sie ein wenig. Aber sie machte sich nichts mehr vor.

Was immer Linus vorhatte, das Schreiben spielte dabei keine Rolle. Ohne ein Wort, ohne die kleinste Nachricht hatte er dem Hotel und allen seinen Freunden den Rücken gekehrt. In der Nacht zum Sonntag hatte er das Haus verlassen, in dem er wie ein Ehrengast behandelt wurde und jeder ihn schätzte und bewunderte.

Und sie war nicht besser, dachte Inka Wels. Plötzlich stand sie vor ihrer Haustür, Hand in Hand mit diesem unheimlichen Fremden, der alles wusste. Auch sie belog und betrog ihre Freunde, tat so, als wäre auch sie über die Ereignisse erschüttert, und bot gleichzeitig diesem Mann, der sich schmählich davongeschlichen und sie um den Finger gewickelt hatte, ein Obdach. Als wäre er auf der Flucht vor bösen Geistern, die ihm nach dem Leben trachteten.

»Was willst du von mir?«, schrie sie.

Die Antwort war einfach. »Sperren Sie die Haustür auf, Frau Wels.«

Sie konnte nicht fassen, dass die Stimme ihr entwischt war.

In der Wohnung hing ein Geruch nach Duschgel. Auf dem Boden im Wohnzimmer lag eine Zeitungsseite. Süden hob sie auf, blickte zum Tisch mit dem Rest der Zeitung und legte die herausgerissene Seite dazu.

»Sie waren das nicht«, sagte er und sah sie an.

Die Art, wie sie die Jutetasche an den Bauch presste und ihre unlackierten Fingernägel in den Stoff grub, verriet die Anspannung, mit der sie das Hotel verlassen hatte.

Süden inspizierte das Badezimmer, dann warf er einen Blick ins Schlafzimmer und in die Kammer nebenan. Hier ließ er sich Zeit, als gäbe es etwas zu entdecken. Sinnlos, dachte Inka Wels, da war doch nichts mehr, er war weg, für immer.

Sie roch nicht nur die Ausdünstungen aus dem fensterlosen Bad, sie roch ihn. Das Muffeln seiner Kleidungsstücke, den mit Rasierwasser notdürftig übertünchten Fäulnisgeruch seiner Krankheit, seine

Zigaretten, seinen Bieratem. In der Kammer fehlte der einzige Hinweis auf seine Anwesenheit in der Wohnung. Den Rucksack hatte er mitgenommen, davon brauchte sie sich nicht erst groß zu überzeugen. Die dünne Wolldecke auf der Klappliege hatte er gestern vor seinem Aufbruch, wie in den Tagen zuvor, ordentlich gefaltet und am Kopfende platziert. Nichts deutete darauf hin, dass hier jemand schlief.

»Er war hier«, sagte Süden, kam ins Wohnzimmer zurück und las den Zettel mit Halligs Handschrift. Geschwungene, deutlich zu lesende Buchstaben: Sorge Dich nicht, ich komme zurück.

»Wo ist er?«

Ihre Stimme galt der trägen Zimmerluft. »Weiß nicht. Er wollt raus, was sehen, was notieren. Hab's geglaubt. Er ist nicht wiedergekommen. Doch, heut früh anscheinend, aber da war ich nicht mehr da. Jetzt kommt er nicht mehr. Wir haben ihn verpasst.« Dann sah sie Süden doch an. »Woher haben Sie gewusst, wo ich wohn?«

Süden legte den Zettel wieder auf den Tisch. »Von Ihrem Chef. Hat Linus einen Ort erwähnt, den er öfter besucht?«

Sie bewegte sich nicht von der Stelle. Dann fiel ihr auf, dass ihr Mund offen stand, und sie schloss ihn wie ertappt. »Weiß nicht. Am Grab seiner Mutter war er, das ist nicht weit weg von hier.«

»Ich würde gern Ihr Telefon benutzen.«

»Haben Sie kein eigenes?«

Süden fiel ein, dass er ein Handy bei sich hatte,

Ediths Zwangsgeschenk. Er tippte ihre Nummer und bat sie, zum Grab von Rosemarie Hallig auf dem Alten Haidhauser Friedhof zu fahren und dort zu bleiben. Vielleicht würde der Schriftsteller auftauchen. Sie fragte nach dem aktuellen Stand seiner Recherche. Er ging nicht darauf ein und beendete das Gespräch.

Außer dem Friedhof fiel ihm nur noch ein Ort ein, an dem er Cornelius Hallig möglicherweise aufspüren könnte.

Viel Hoffnung hatte er nicht.

Viel Zeit blieb ihm nicht mehr.

Er bestellte ein frisches Bier, indem er sein leeres Glas in Richtung Theke hob. Er stellte es wieder hin und ging nach draußen. In der Packung waren noch fünf Zigaretten, die würde er rauchen und sich dann auf den Weg machen. Der Alkohol würde das nicht verhindern.

In den vergangenen Tagen und Wochen war er ein paar Mal hier gewesen. Jetzt fiel alle Zeit von ihm ab. Meist hatte er neben der Tür gesessen, Rücken zum Fenster mit dem schweren Vorhang und der graustichigen Gardine aus der Zeit vor dem Rauchverbot. Wenig hatte sich verändert, seit er Anfang der achtziger Jahre zum ersten Mal das Lokal betreten und im Morgengrauen wieder verlassen hatte.

An der hinteren Wand die überdimensionale Postertapete mit Tannen und Matterhorn, dessen kitschige Ausstrahlung sich im Lauf der Jahrzehnte in kultische Heimeligkeit verwandelt hatte. Die senkrecht an die Wand montierte Jukebox mit Hunderten von Oldies. Der offene Ausschank mit der Leuchtreklame. Die Lampen aus der Fünfzigern. Die runden und rechteckigen, eng aneinandergestellten Tische mit den grünen Tischdecken und den kleinen Vasen, in denen eine abgeschnittene Rose steckte. Die verblasste Tapete, die unzähligen Erinnerungsfotos und gerahmten Bilder an den Wänden, die Grünpflanzen auf den Fensterbänken. Das konservierte Leben der alt gewordenen Gäste und das nach allen Seiten hin ausfransende Leben der jungen Gäste. Der ständig wechselnde Altersdurchschnitt. Die bekannten Speisen, die bezahlbaren Preise, das Bier, der Wein und die Schnäpse, nach deren Namen niemand fragen musste. Die Gegenwart als Abwesenheit von Zukunft und Vergangenheit.

Deswegen war er noch einmal hergekommen. Um sich eine Wegzehrung zu verschaffen. Um ein letztes Mal unter den Gesegneten zu sein.

Zu dieser Stunde trafen die ersten Gäste aus den umliegenden Geschäften ein, Angestellte in der Mittagspause und hungrige Kunden, die ihre Einkäufe erledigt hatten. Auch ein älteres Paar aus der Nachbarschaft war hereingekommen und brauchte bei der Bestellung mit dem Wirt kaum ein Wort zu wechseln. Er servierte ihnen die immer gleichen Getränke – Bier für ihn, Weinschorle für sie – und wenig später eine Suppenterrine für sie, Schinkennudeln für ihn.

Sie kamen. Sie gingen. Der eine oder andere nickte Hallig beim Verlassen des Lokals zu und sah ihn eine

Sekunde länger an als nötig. Bei fünfundzwanzig Grad im Schatten wirkte ein Mann in einem italienischen Wollmantel kurios.

Er schwitzte unwesentlich. Er blickte ausdruckslos vor sich hin. Er trank, sagte keinen Ton, ging nach draußen. Der Wirt behielt ihn im Auge und musterte, wenn Hallig beim Rauchen war, vom Tresen aus den schwarzen Rucksack. Der Mann hatte ihn auf der Bank abgestellt und nicht wieder angerührt. Zwar war sich der Wirt ziemlich sicher, dass keine Bombe oder andere Waffen darin versteckt waren, dennoch hegte er ein gesundes Misstrauen gegenüber herrenlosen schwarzen Rucksäcken.

Der Gast kam jedes Mal wieder herein und setzte sich neben sein Gepäck und widmete sich seinem Alleinsein.

Den Mann mit der Lederjacke hatte Hallig nicht hereinkommen hören. Ungefragt nahm er an seinem Tisch Platz, auf dem Stuhl ihm gegenüber. Hallig lehnte sich zurück.

Unter der Jacke trug der Mann ein weißes, von seinem Bauch ausgebeultes Hemd. An seinem Hals baumelte eine Kette mit einem blauen Stein. Er war unrasiert, die Haare klebten ihm am Kopf. Seine grünen Augen ruhten auf ihm.

Dann lehnte sich der Mann ebenfalls zurück und ließ die Arme baumeln. Mit einem Seufzer der Erleichterung stand er noch einmal auf, zog die Lederjacke aus und hängte sie über die Stuhllehne. Er sah sich nach dem Wirt um und deutete auf das halbvolle Glas auf dem Tisch. Nachdem er sich wieder gesetzt hatte, beugte er sich vor, die Arme auf die Oberschenkel gestützt.

»Mein Name ist Tabor Süden. Ich suche nach Vermissten. Josef Ried hat der Detektei, für die ich arbeite, einen Auftrag erteilt. Heute Nacht habe ich Ihre Biografie gelesen und früher einige Romane von Ihnen. Sogar ein Buchtitel ist mir wieder eingefallen. ›Unter den Stufen‹. Wie es aussieht, ist meine Suche hiermit beendet, Herr Hallig.«

Kein weiteres Wort.

Der Wirt brachte das Bier, während seine Bedienung für die übrigen Gäste zuständig war.

Süden hob sein Glas. »Möge es nützen«, sagte er, mehr zu sich selbst. Er trank und leerte das Glas bis zur Hälfte. In den beiden Biergläsern war der Pegel jetzt gleich hoch.

Fünfzehn Minuten lang sprach keiner von beiden ein Wort.

In der Zeit bestellte Süden zwei weitere Biere. Damit herrschte auch bei der Gläsermenge Gleichstand.

Nach einer Weile stand Hallig auf. »Wenn's Ihnen keine Umstände macht, passen Sie auf meinen Rucksack auf«, sagte er.

Es dauerte mindestens zehn Minuten, bis Hallig zurückkam und sich mit einer Schleppe aus schwitziger Luft und Zigarettenrauch zwischen seinem Tisch und dem Nachbartisch hindurchschob. Nebenan drängten sich mittlerweile zwei junge Männer und eine Frau aus den USA aneinander, um gleichzeitig in ihrem Reiseführer lesen zu können. Laut klirrend stießen sie mit den Biergläsern an und redeten weiter begeistert auf das Buch ein.

»Hab mir tatsächlich noch eine Schachtel Zigaretten gekauft«, sagte Hallig. »Vorn am Max-Weber-Platz in einem Laden. Mit den Automaten kenn ich mich nicht mehr aus. Bin gerannt. Nicht gut.« Er trank sein schal gewordenes Bier.

Unangestrengt leerte auch Süden sein Glas. Durch die zwei zugewachsenen Fenster und die engmaschigen Gardinen quälten sich Ausläufer der Sonne herein. Allmählich stieg im Lokal die Temperatur.

Süden kam die Gestalt seines Gegenübers noch grauer vor als bisher, noch eingefallener und erschöpfter. Offensichtlich hatte nicht nur das Zigarettenholen Hallig eine Menge Kraft gekostet. Auch die Strapazen, denen er die Nacht über in der Stadt ausgesetzt gewesen sein musste, machten ihm zu schaffen.

Was Süden erschreckte, war die Kurzatmigkeit des Mannes, sein unterdrücktes Keuchen, das Rasseln aus seinem Brustkorb, das ständige Hin- und Herschieben der Beine, sein fliehender Blick, in den er mit aller Macht keinen Funken Schmerz legen wollte. Aber Hallig krümmte sich immer wieder, es sollte so aussehen, als setze er sich bloß bequemer hin. Mit beiden Händen umklammerte er das Revers seines Mantels, als wollte er sich daran festhalten.

Während der Schriftsteller unterwegs gewesen war,

hatte Süden nach seinem Handy gegriffen. Er war verpflichtet, seinen Auftraggeber zu informieren und anschließend seiner Chefin auf dem Friedhof Bescheid zu sagen.

Er ließ es sein. Er weigerte sich, die Frage zu beantworten, warum. Ihm waren die Konsequenzen egal. Der Hotelier und seine Angestellten würden ihn für einen rücksichtslosen, unverantwortlichen Detektiv halten, der sein Honorar nicht verdient hatte, seine Chefin würde ihn endgültig in die Wüste schicken.

Da war er doch schon, dachte er, unter sengender Sonne im glorreichen Niemandsland.

Hier, im Johanniscafé in Haidhausen, hatte er in seinen jungen Jahren ein Leben außerhalb der Zeit verbracht, Nächte jenseits allen Zaumzeugs und bar jeder Vernunft. Zu den Gästen gehörten Punks, Handwerker, Arbeitslose, Sandler, Nachbarn, Leute aus anderen Stadtteilen, Staatsbeamte wie er und sein Freund Martin. Dies war ein Niemandsland, vollgepfropft mit Stammgästen der Zeitlosigkeit. Am Eingang brauchte niemand einen Ausweis vorzuzeigen, niemand wurde nach seiner Rolle draußen im Funktionsgehege gefragt. Die Stunden auf der Holzuhr über der Tür vergingen unbeachtet.

Von solchen Fantasien angetrieben, hatte Süden sich an die Aussage der Lektorin Angela Capelli geklammert, sie habe sich für ihr Buch ein einziges Mal mit Hallig getroffen, in einem Café, in dem er wohl, wie sie vermutete, öfter verkehrte. Es war ein letzter Versuch, ein Spiel mit der eigenen Abwesenheit, der linkische Versuch der Verwandlung einer Biografie in eine Autobiografie.

Hallig kam zurück, und Süden bildete sich ein, in ihm einen Gast von damals zu erkennen, einen weiteren Niemand im Niemandsland, das wie ein Wunder noch immer existierte.

Am Nebentisch erzählte die Amerikanerin eine Geschichte aus Texas. Süden hielt es für nicht ausgeschlossen, dass ihre Stimme am Matterhorn widerhallte.

Er beugte den Kopf näher zum Schriftsteller. »Eine lufttötende Stimme«, sagte er.

Hallig hörte eine Weile unbeweglich zu. Dann erwiderte er mit seiner hohen, dünnen Stimme: »Eine Serienkillerin.«

9

Sie waren beim Negroni angelangt.

Wenn es eine auffallende Veränderung im Johanniscafé in den letzten fünfzig Jahren gegeben hatte – abgesehen von einem einmaligen Pächterwechsel –, dann das Aufstellen kleiner Tafeln mit den Namen beliebter Cocktails. Gin Tonic, Cuba Libre, Wodka Bull, Jägermeister Bull und vergleichbare Grausamkeiten.

Sie waren beim dritten Negroni angelangt.

Süden stellte eine Frage, und Hallig antwortete. Ab und zu gingen beide nach draußen, der eine zum Rauchen, der andere zum Nichtrauchen.

»Woher haben Sie Ihre Ideen?« – »Als ich noch Ideen hatte, kamen sie aus den Figuren.« – »Und woher kamen die Figuren?« – »Von überall her.« – »Auch aus Ihnen.« – »Natürlich.« – »Wann haben Sie geschrieben, tagsüber oder nachts?« – »Am Vormittag, vier, fünf Stunden, immer nur vormittags.« – »Und wenn Ihnen einmal überhaupt nichts einfiel?« – »Konnt ich mir nicht leisten.« – »Welches ist Ihr Lieblingsbuch unter Ihren Romanen?« – »Kann ich nicht sagen.« – »Haben Sie später nie wieder versucht, etwas anderes als Kriminalromane zu schreiben?« – »Ich wollt's versuchen, dann hab ich's gelassen, die Zeit war vorbei.«

Solche Sachen.

Mittlerweile war fast jeder Stuhl besetzt. Der Nachmittag schmolz träge in den Abend. Die Tür blieb geöffnet, doch kein kühler Wind verirrte sich herein. »Und wenn Ihnen nichts mehr einfiel, was dann?«

»Zigarettenpause«, sagte Hallig. »Oder ich schaute mir einen Film im Fernsehen an, oder ich ging runter in die Videothek und lieh mir ein Video aus, einen Film aus den Dreißigern oder Vierzigern. Herr Eckart hatte immer eine Empfehlung parat.«

»Herr Eckart aus der Videothek am Isartor.«

»Sie kannten ihn?«

»Immer schwarz gekleidet, immer mit Zigarette.«

»Das war er. Wissen Sie seinen Vornamen?«

»Nein.«

»Wir wohnten lange an der Friedrich-Eckart-Straße in Zamdorf«, sagte Hallig und rutschte ein Stück näher zur Tür, weil er fürchtete, die Gäste vom Nebentisch rückten ihm auf die Pelle. Der junge Mann entschuldigte sich aber sofort und wandte sich um.

»Sie wohnten dort mit Ihren Eltern.«

»Mit meiner Mutter. Mein Vater hatte sie noch vor meiner Geburt verlassen. Manchmal kam er vorbei und brachte etwas Geld, sehr selten, dann gar nicht mehr. Er arbeitete als Lagerist. Ein Jahr vor seinem Tod hab ich ihn noch mal getroffen, auf Vermittlung meiner Tante. Meiner Mutter durfte ich nichts davon sagen, sie hatte mit ihm abgeschlossen.

Er war damals ungefähr so alt wie ich jetzt, und er sah mindestens zwanzig Jahre älter aus, so wie ich. Er schenkte mir fünfhundert Mark. Gesprochen haben wir nicht viel. Wir waren im Biergarten auf dem Elisabethmarkt, in der Nähe wohnt Gerda. Er sagte, er sei stolz auf mich, weil ich ein berühmter Schriftsteller geworden sei. Leider habe er noch nie was von mir gelesen, mit dem Lesen stehe er auf Kriegsfuß. Nach dem zweiten Bier ging er weg, ich sah ihm hinterher, einem Fremden. Ich hielt die fünf Hunderter in der Hand, die Scheine sahen neu aus, vielleicht hatte er sie vorher von der Bank geholt. Ich nahm sie mit ins Hotel und verwahrte sie in der Geldkiste für Notfälle.

Von meiner Tante erfuhr ich, dass er seit langem arbeitslos ist, hat aus dem Baumarkt, wo er zuletzt beschäftigt war, Waren abgezweigt. Von seinem Tod erfuhr ich erst zwei Wochen später. An seinem Grab war ich nie. Leben Ihre Eltern noch?«

»Meine Mutter starb, da war ich dreizehn«, sagte Süden. »Mein Vater verschwand, als ich sechzehn war. Fast vierzig Jahre später tauchte er wieder auf, ich suchte nach ihm, und er starb und ließ sich anonym beerdigen.«

»Auf dem Waldfriedhof, vermute ich.«

Süden schwieg.

Sie tranken ihren Cocktail. Stimmen schwirrten um sie herum. Aus den Lautsprechern schallte Musik, die sie ewig nicht gehört hatten. »The Sweet«, »Suzi Quatro«, »Smokie«, Popsongs aus den Siebzigern.

»Mit Ihrer Lektorin habe ich mich über Ihr Pseudonym unterhalten«, sagte Süden. »Sie haben ihr das Geheimnis nicht verraten.«

»Kein Geheimnis.« Hallig hob sein leeres Bierglas. Zwischen den Negroni brauchte er ein solides Übergangsgetränk.

Als der unermüdlich zapfende Wirt ihn bemerkte, streckte Hallig Daumen und Zeigefinger empor. Er wollte verhindern, dass auch der Detektiv auf dem Trockenen saß.

Hallig hatte keine Schmerzen mehr. Das rechte Bein unter dem Tisch halb ausgestreckt, verbrachte er, die Arme über Kreuz auf dem Tisch, Stunde um Stunde in der Gegenwart dieses Mannes, der ihn ausquetschte wie damals die Schüler, an die er sich plötzlich in verstörenden Farben erinnerte.

Nichts störte ihn. Nicht einmal die beklemmende Fülle des Raums, das ungestüme Sprechen der aberjungen Gäste, die scheppernden Songs aus der Jukebox.

Den Weg zum Friedhof, dachte er und legte die Hand auf den Rucksack, in dem seine Pistole geduldig auf ihn wartete, würde er spielend finden. Der neue Tag wäre bereit für ihn und er endlich für das Ende, das er so lange versucht hatte zu betrügen.

Als er das Zittern seiner Hände bemerkte, schob er es auf den Rhythmus des englischen Popsongs, der gerade lief. »What can I do«, rief der Sänger von Smokie. Launig wippte Hallig mit dem Oberkörper.

Eigentlich war inzwischen die Bedienung zuständig, doch die beiden Männer bediente der Wirt nach wie vor selbst. »Ihr habts a saubere Kondition, Jungs«, sagte er, zog einen weiteren Strich auf den Bierdeckeln und zwängte sich wieder durch die Tischreihen.

An diesem Abend waren Süden und Hallig die mit Abstand ältesten Gäste. Sie hoben die Gläser und tranken gleichzeitig. Anschließend genossen sie den Negroni umso mehr.

»Kennen Sie einen Schriftsteller namens Woolrich?«, fragte Hallig.

»Nein.«

»Ein Amerikaner. Seine besten Bücher erschienen in den dreißiger und vierziger Jahren des zwanzigsten Jahrhunderts. Kriminalromane. Manchmal nannte er sich George Hopley, manchmal William Irish. Hören Sie mir zu?«

»Ich höre Ihnen zu.«

»Sie wirken aushäusig.«

»Ich höre Ihnen zu.« Süden hörte mehr, als der Andere sagte. Er hörte die Stimme eines jungen Mannes am Fuß eines Regenbogens. Er hörte *seinen* unbeschwerten Atem und das Schnippen *seiner* Finger beim Anblick *seines* ersten Romans im Schaufenster einer Buchhandlung. Er hörte *sein* Flüstern in einer Nacht aus vollendeter Freiheit. Er hörte das Klacken *seiner* Schreibmaschine wie einen Stepptanz von Engeln.

Süden würde den Schriftsteller unterhaken und an

einen Ort führen, an dem ihm noch zu helfen war. Er würde ihn nicht verlassen.

»Georg von George«, sagte Hallig. »Ulrich von Woolrich. Kein Geheimnis. Zum Wohl.«

»Möge es nützen.«

Sie leerten den Negroni.

Sie hörten der Musik zu, die gegen das Stimmenorchester ankämpfte.

Einmal ging Hallig auf die Toilette. Nachdem er sich wieder auf seinen Platz gesetzt hatte, senkte er eine Zeitlang wortlos den Kopf. »Unter dem Zigarettenautomaten«, sagte er dann, »steht eine Schuhputzmaschine. Jetzt sehen meine Schuhe endlich wieder halbwegs nach was aus.«

Süden hob den Blick vom Bierglas und sah, wie Hallig zum wiederholten Mal das Revers seines Mantels umklammerte. »Ich möchte Ihnen etwas schenken«, sagte er und wartete nicht auf eine Reaktion. Er griff nach seiner ledernen Halskette, beugte sich vor und streifte sie dem Schriftsteller über den Kopf. Hallig ließ die Arme sinken und neigte den Kopf nach unten.

»Da ist ein Vogel auf dem Amulett.« Hallig wog es in seiner Hand. »Hat es eine Bedeutung?«

»Die, die Sie ihm geben.«

»Ich hab noch nie eine Kette getragen. Danke für das Geschenk.« Er umfasste den blauen Stein mit dem Adler-Motiv, und es war, als würde er das versteinerte Herz seiner vor tausend Jahren verstorbenen Mutter mit der Faust umschließen und es wärmen. Bis es wieder anfing zu schlagen.

Bis sein Herz wieder anfing zu schlagen.

Nicht einmal die Gäste am Nebentisch nahmen die schnelle Geste zur Kenntnis. Hallig hatte sich über den Tisch gebeugt, die Arme auf Südens Schulter gelegt und ihn auf die linke Wange geküsst.

Danach schwiegen sie.

Vier angestaubte englische Popsongs später sagte Hallig: »Die Wahrheit ist: Ich habe die siebziger Jahre nie verlassen, ich habe sie einfach in meine jeweilige Gegenwart hineinverlängert, bis zu dieser Stunde.« Er schaute zur Jukebox und lächelte.

Süden war sich ganz sicher, dass es ein Lächeln war.

Wieder gelangten zwei Negroni auf ihren Tisch.

»Wie lange dauert es, einen Roman zu schreiben?«, fragte Süden.

»Drei, vier Monate.«

»Sie benutzen immer noch die Reiseschreibmaschine, die in Ihrem Zimmer steht.«

»Die grüne Monica, von Anfang an.«

»Kein Computer.«

»Wozu? Ich schreibe nichts mehr.«

Süden schwieg.

»Hätt nicht gedacht, dass Josef mich suchen lässt«, sagte Hallig.

Süden schwieg.

»Inka hat Ihnen verraten, wo ich bin.«

»Nein«, sagte Süden. »Sie ist nicht gut im Lügen. Sie haben sich mit Ihrer Lektorin in diesem Café getroffen. Ich kam auf gut Glück hierher, und Sie waren da.«

»Und bin es immer noch.«

»Und werden es weiter bleiben.«

»Sie reden wirr, Herr Süden.«

Das Aufstehen fiel ihnen schwer, aber sie schafften es.

Draußen hatte die Dunkelheit noch nicht vollständig Einzug gehalten. Am Himmel über der neugotischen Kirche mit dem neunzig Meter hohen Hauptturm zogen bleierne Wolken auf. Durch die von Ahornbäumen gesäumte Grünanlage flitzten Hunde, bellten und wälzten sich im Gras.

Wie bei der halben Schachtel zuvor stellte Hallig sich auch diesmal nicht direkt vor das graue, vierstöckige Haus mit dem Lokal im Erdgeschoss. Er ging zwischen den geparkten Autos hindurch zur Straße und zündete sich dort eine Zigarette an.

Auf dem Steinbalkon über der Tür stand ein Mann und rauchte auch.

Süden verschränkte die Hände hinter dem Rücken und achtete darauf, allenfalls unwesentlich zu schwanken. »Wie heißt der Autor, von dem Sie den Namen haben?«, fragte er.

»Woolrich.«

»Wie das Kaufhaus.«

»War aber nicht verwandt, soweit ich weiß.«

»Er ist ein Vorbild für Sie.«

»Eher ein Wegbegleiter.«

»Ich habe den Namen noch nie gehört.«

»Da sind Sie nicht der Einzige.« Hallig nahm einen tiefen Zug, schaute zum Himmel hinauf. Eine Tram fuhr vorüber und hielt wenige Meter entfernt an. Zwei Männer stiegen aus, jeder wählte eine andere Richtung.

Nach einem Schweigen sagte Süden: »Sie haben eine Waffe im Rucksack.«

»Nein.«

»Sie lügen genauso schlecht wie Inka.«

»Ich besitz keine Waffe. Was denn für eine?«

»Eine Pistole. Sie haben die Reinigungsbürste in der Holzschachtel vergessen.«

Hallig ließ die Kippe fallen, trat sie mit dem Schuh aus und zündete sich die nächste Zigarette an. Er machte einen Schritt zur Seite, dann einen nach vorn. Dann atmete er keuchend im Stehen und lehnte sich an eines der geparkten Autos. »In der Kiste hat meine Mutter ihre Medikamente aufbewahrt, die sie zum Sterben brauchte. Ich hab gedacht, das wär ein idealer Platz für dieses Manuskript, das angeblich von mir handelt. Kennen Sie sich aus mit Pistolen?«

»Ich war früher Polizist.«

»Ist mir klar.« Er zog an der Zigarette. Die Glut war ein wucherndes Auge in der Finsternis. Plötzlich hatte der Himmel ein schwarzes Gesicht.

»SIG Sauer, neun Millimeter«, sagte Hallig.

»Praktische Waffe, trägt sich angenehm und unauffällig. Der Griff ist kurz und schmal, abgerundete

Ecken, ausgezeichnete zielballistische Wirkung, acht bis zehn Patronen im Magazin, ideal für unterwegs. Eine gute Wahl.«

»Dann kann ja nichts mehr schiefgehen.« Hallig rauchte. Dann blickte er wieder zum Himmel im Osten.

Die Minuten verstrichen.

Süden machte einige Schritte über die Straße, beschrieb einen Halbkreis, blieb in Bewegung, fürchtete, im Rausch zu strudeln und umzukippen. Als er sich wieder dem Schriftsteller näherte, zeigte dieser in Richtung Kirche, über den Turm hinweg in die Finsternis.

»Vor viereinhalb Milliarden Jahren«, sagte Hallig mit hohler, mürber Stimme, »ging zum ersten Mal die Sonne über der Erde auf.« Er rang nach Luft, hob noch einmal den Arm, als wollte er Süden etwas Bestimmtes zeigen, und ließ ihn erschöpft sinken. »Zum ersten Mal die Sonne, aber niemand war da, um das Schauspiel zu bewundern.« Mit einer sanften Bewegung strich er Süden über die Schulter. »Gehen Sie schon mal rein, ich komm gleich nach. Sonst besetzen noch fremde Leute unser Verlies.«

Aus einem offenen Fenster, irgendwo im Finstern, drang der Klang eines Klaviers. Jemand spielte Mozart.

Süden wandte sich um und blieb nach ein paar Metern vor dem Bürgersteig stehen. Er betrachtete das Haus mit den rostfarbenen Fenster- und Türrahmen, das wie eingezwängt wirkte zwischen einem schmucklosen, dreistöckigen Bau mit braungelbem Anstrich und einem renovierten, eierschalenfarbenen, fünfstöckigen Eckhaus mit einem Antikladen im Parterre. Er sollte öfter herkommen, dachte Süden, am besten gemeinsam mit einem Mann, der diese Zwischenwelt zu würdigen wusste.

Hallig war nicht mehr da.

Der Platz vor dem Auto, wo er gestanden hatte, war leer. Vor der Tür zum Café tauschte eine Gruppe junger Gäste Feuerzeuge.

Süden lief zu dem geparkten Auto, und da sah er ihn.

Hallig lag auf dem Asphalt, zur Seite gedreht, eingehüllt in seinen Wollmantel. Neben ihm glomm die Zigarette. Süden brauchte fünf Sekunden, bis ihm einfiel, dass er ein Handy dabeihatte. Er kniete sich hin und legte zwei Finger auf die Halsschlagader des Mannes.

Wind kam auf und löschte die Glut der Zigarette.

10

Cornelius Hallig starb an einem Hirnschlag. Sein Bein war übersät mit Geschwüren und Entzündungen. Außerdem diagnostizierten die Ärzte im Klinikum rechts der Isar einen Diabetes mellitus sowie eine fortgeschrittene Nervenschädigung. Vermutlich hätte ihm in spätestens einem Monat das rechte Bein amputiert werden müssen. Als er auf dem Johannisplatz in der Nacht zum Freitag das Bewusstsein verlor, ergab die Untersuchung seines Blutes einen Promillewert von drei Komma fünf.

Tabor Süden, Edith Liebergesell, Josef Ried, Bruna Glock und Inka Wels hatten im Krankenhausflur ausgeharrt, während unaufhörlich der Regen auf die Vordächer prasselte.

11

Der Regen schlug gegen das Fenster von Zimmer 44. Zu fünft bildeten sie einen Halbkreis vor dem Tisch, auf dem eine weiße Kerze brannte. Sie beteten nicht, sie waren nur da und hörten dem Regen zu, der die Stille des leeren Bettes synchronisierte. Das Zimmermädchen, die ehemalige Köchin, der Hotelbesitzer, die Chefin der Detektei und ihr Mitarbeiter hielten sich an den Händen. Das hatte sich so ergeben.

Am offenen Grab auf dem Alten Haidhauser Friedhof, bei der Beisetzung des – wie der Priester sagte – weit über die Landesgrenzen hinaus berühmten Kriminalschriftstellers Cornelius Hallig alias Georg Ulrich, waren sie zu acht. Außer Süden und Edith Liebergesell, Ried, Bruna und Inka nahmen die Lektorin Angela Capelli und Halligs Tante Gerda an der zwanzigminütigen Zeremonie teil. Niemand hielt eine Rede. Hallig fand seine letzte Ruhestätte im Grab seiner Mutter. Er hatte es nicht mehr geschafft, sich, wie geplant, neben dem Grabstein eine Kugel in den Kopf zu jagen. Die Nachrufe in den Zeitungen waren kurz und beschworen die große Zeit des Schriftstellers. Das einzige Porträtfoto, das er je für die Presse freigegeben hatte, zeigte ihn mit Anfang zwanzig, kurz nach Erscheinen seines ersten Romans. Er trug einen Stetson, seine Augen verschattet und voller Wehmut in einem weichen, konturlosen Gesicht. Unscharf zu erkennen waren der Kragen eines dunklen Jacketts und eines weißen Hemdes mit Halstuch. Er hatte darauf bestanden, das Bild in Schwarzweiß zu belassen. Der Erscheinung nach hätte es sich auch um eine junge, ein wenig extravagant gekleidete Frau handeln können. Der Jüngling auf dem Foto hatte keine Ähnlichkeit mit dem ausgemergelten Alten im Johanniscafé, der die Idee gehabt hatte, Negroni nur wegen des Namens zu trinken, und der auf eine Frage, die ihm nie zuvor gestellt worden war, mit einem leisen, aber bestimmten Nein geantwortet hatte.

»Angenommen, der Erfolg wäre ausgeblieben, kaum jemand hätte sich für Ihre Bücher interessiert und Sie wären gezwungen gewesen, einen Job anzunehmen und auf irgendeine andere Weise Geld zu verdienen, hatten Sie für diesen Fall einen Plan B, als Sie jung waren?«

12

Ein Mann in einer Bahnhofshalle, irgendein Mann in irgendeiner Bahnhofshalle. Ein Mann in einem weißen Baumwollhemd und einer schwarzen Jeans, mit einer grünen Reisetasche in der rechten und einem Schreibmaschinenkoffer in der linken Hand. Er stand da und spürte die Blicke der Frau in seinem Rücken. Er drehte sich nicht um.

Er hielt die beiden Sachen in den Händen, als wäre er auf dem Sprung. Die Schreibmaschine, eine grüne mechanische Monica, gehörte jetzt ihm. In seiner Reisetasche lag, eingewickelt in ein rotes Handtuch, eine Pistole der Marke SIG Sauer, die er ebenfalls an sich genommen hatte. Was wollte er mit beidem? Einen Mord begehen und darüber schreiben? Das war lächerlich, aber er lachte nicht.

Von der angrenzenden Halle aus beobachtete ihn die Frau, die bis gestern seine Chefin gewesen war. Sie hatte ihn im Taxi zum Bahnhof begleitet. Sie wollte nicht, dass er wegging. Zumindest nicht heute, vielleicht auch noch nicht morgen. Sie wollte, dass er ihr etwas von dem Mann erzählte, mit dem er fast zwölf Stunden in einem Lokal verbracht hatte, obwohl er ihn nie zuvor gesehen hatte. Mehrmals hatte sie ihn vom Friedhof, wo sie auf denselben Mann wartete, angerufen, und immer sprang die Mailbox an.

Edith Liebergesell wollte mit Süden in eine Kneipe gehen und trinken wie früher und reden und schweigen und Unsinn verzapfen und im Lauf des Abends immer blöder weiser werden. Sie wollte noch ein wenig länger seine Nähe bewohnen.

Süden drehte sich nicht zu ihr um. Er dachte an den Mann, der seine Hand zum dunklen Himmel erhob und davon erzählte, wie vor viereinhalb Milliarden Jahren zum ersten Mal die Sonne über der Erde erschien und niemand da war, sie zu begrüßen. Niemand weit und breit. Kein Mensch war noch geboren. Und er? Er stand einfach da, ein Niemand aus der Jetztzeit, mit einer Schreibmaschine in der Hand. Ein Narr und seine Maschine. Ja, ein Narr und seine Maschine.

Unter lauter Lebenden.